·全民微阅读系列·

警事如歌

范慧鹏　著

江苏凤凰美术出版社
全国百佳图书出版单位

图书在版编目（CIP）数据

警事如歌 / 范慧鹏著 . -- 南京：江苏凤凰美术出版社，2018. 10
（全民微阅读系列）
ISBN 978-7-5580-3982-9

Ⅰ . ①警… Ⅱ . ①范… Ⅲ . ①小小说—小说集—中国—当代 Ⅳ . ① I247. 82

中国版本图书馆 CIP 数据核字（2018）第 053345 号

责任编辑　曹昌虹
封面设计　宁春江
责任监印　唐　虎

书　　名　警事如歌
著　　者　范慧鹏
出版发行　江苏凤凰美术出版社（南京市中央路 165 号　邮编：210009）
　　　　　北京凤凰千高原文化传播有限公司
出版社网址　http://www.jsmscbs.com.cn
印　　刷　三河市同力彩印有限公司
开　　本　710mm × 1000mm　1/16
印　　张　14
版　　次　2019 年 3 月第 1 版　2019 年 3 月第 1 次印刷
标准书号　ISBN 978-7-5580-3982-9
定　　价　39. 00 元

营销部电话　010-64215835-801
江苏凤凰美术出版社图书凡印装错误可向承印厂调换　电话：010-64215835-801

文化自信从读写开始

杨晓敏

近年来，随着互联网技术的不断推广升级，现代信息技术已充斥各行各业。微博、微信、微小说、微电影，各类“微”产品，以网络阅读、手机阅读、电子设备阅读、光盘阅读的形式，进入大众视野，但这种碎片化、快餐式的电子阅读，仅仅可以作为传统阅读的一种有效补充与辅助，却不能完全代替传统阅读。

我国经济建设的腾飞，带动并刺激着文化事业的极大进步，而文化软实力的增长，又为经济跨越式发展，提供着强势的智力资本的支持。正是这种强有力的智力资本支持，慢慢建立起我们的民族文化自信。

学习的基本途径就是阅读。一个人的阅读力量，决定个人学习的力量、思考的力量、实践的力量；所有人的阅读力量，决定一个民族文化的力量、精神的力量、创新的力量。伟大的中华民族复兴之梦，要靠全国人民共同来缔造实现。提高全民素质，提升全民文化自信，繁荣民族文化，从阅读开始。

为了提高全民素质，建设书香社会，政府正采取一系列有效举措，营造阅读环境，倡导全民阅读。譬如开展读书日、读书月活动，一些省市地区通过整合全民阅读资源，打造了一批有广泛影响力的全民阅读“书香”品牌，还有些地区成立“农民书屋”，送书下乡，让书香墨香飘进寻常百姓家。

作为近三十年才成长起来的一种新文体，小小说的质朴与单纯，简洁与明朗，加上理性思维与艺术趣味的有机融合，及其本色和感知得到、触摸得着的亲和力，散发出让青少年产生浓郁兴趣的魅力。小小说是一种新文体的再造，那些优秀的小小说作品，是智慧的浓缩和凝聚，是一种机巧的提炼和展开，小小说是训练作家的最好学校。小小说贴近生活，速地反映生活热点，传导社会信息，是开启社会生活的一扇窗口。小小说可以培养青少年的想象力，让他们展开飞翔的翅膀。近些年来，大量小小说编入高考作文，入选各类优秀阅读丛书，正为越来越多的年轻读者所喜爱，显示出它强大而茁壮的生命力。

北京辰麦通太图书有限公司提供的《全民微阅读系列》图书，至今已编辑出版 200 多册。它以全力助推全民阅读为宗旨，以务实求精的编选作风，为读者精心遴选了大批风格各异的小小说佳作，引领读者步入美好的阅读丛林。

北京辰麦通太图书有限公司有着具有超前市场运作意识的优秀团队，在图书制作过程中，不但追求内容的丰富多彩，在装帧设计方面，也力求超凡脱俗。在众多中国梦新时代文学丛书系列中，它像一朵充满朝气与活力的奇葩，正逐步形成自己恒久的品牌和名牌效应，为提升全民文化自信、实现中华民族伟大复兴，增砖加瓦。

杨晓敏，河南省获嘉县人，生于 1956 年 11 月。河南省作家协会副主席、河南省小小说学会会长。曾在青藏高原服役 14 年。曾任《小小说选刊》《百花园》主编 20 余年，编刊千余期，著述七部、编纂图书近 400 卷。

目录

第一辑　世情篇

看过真善美，看过假丑恶，看过喜怒哀乐，看过悲欢离合，看过贪嗔痴恨爱恶欲，看过仁义礼智信忠孝悌。纷纷扰扰的世界，霓虹不灭、喧嚣不止；熙熙攘攘的人群，年华苦乐、岁月静好。有人说，一个警察一年里耳闻目睹的社会丑恶现象，是普通人一辈子都无法比及的。这里记述的，就是一个警察眼里的社会百态，或你不曾遇见，却真真切切发生在我们的身边。

羊的命就是她的命

她便如那些犯罪分子手下的漏网之羊，蜷缩着逃避这个世界，却又因为内心的悲伤和愤怒而全身战栗

抖动。

在侦查员之前，我是一名刑事技术员。

我勘查过各种各样的犯罪现场，特别是命案现场，有的尸体高度腐败，蚊蝇争相食之；有的尸体面部被砍成肉酱，半截下巴不翼而飞；有的现场血液飞溅，喷溅在白色的墙壁上装点成一幅扇形图；有的现场打斗痕迹惨烈，尸体飘在冷水中发白僵硬。

我从来没有动容过。从法律的角度说，人和尸是两个概念。面对尸，无论情状再惨烈，我也只是站在法理的角度，平静地通过尸体分析死亡时间和死亡原因。我深知在犯罪现场，不能掺杂个人情感，任何一念的主观情感，都可能导致案件的误判。

可是，当我面对十六只羊的内脏，却泪雨滂沱。

那天，我接到一个现场勘查的任务：一农户家中十六只羊被盗。农村盗窃耕牛、生猪、粮食的案件并不鲜见，所以我并没有过多准备，提上现场勘查包就和侦查员一起奔赴了现场。

现场位于芦集乡一个偏远的村子，下了水泥公路还要走上一段泥泞的土路。在当地派出所民警的指引下，我终于赶到了现场。

那是一片废弃的老宅院落，临近中午，并无一处炊烟升起。随着新农村的建设，村民大都搬到邻近公路边的新房子里。突兀在眼前的这片老宅在风雨的侵蚀下挺不过多长时间了，门板上是斑驳的漆痕，土围墙已然坍塌，如同年华老去的美人，无心打点自己的妆容，只是在万般寂寥中数着所剩无几的岁月。

没有找到受害人，在村支书的见证下，我开始了现场勘查工作。中心现场位于老宅院子西南角的羊圈，那里充斥着羊膻味、羊粪臭味以及浓烈的血腥味。我弓着腰钻进羊圈，按照先外围后中心的顺序对羊圈勘查着。这个现场和往常的盗窃现场不同。通过勘查我得出初步结论：有两名以上的犯罪分子在羊圈中将山羊当场宰杀，去除内脏之后抬上机动三轮车离开。

十六只山羊的内脏，其中的六只还只是羔羊，肠子、胆、脾等器官混在一起，泡在羊圈的血泊里。我似乎听到了软弱的羊群的嘶叫，但它们没有反抗，而是挤在一起，等待发亮的匕首刺进喉头，夺去它们的生命。或许是因为无处躲避，于是无一幸免。

围绕整个宅子发现了三条重要线索：东边的院墙上开了一个大洞；通往上房的电话线被剪断；上房门外的门闩上挂着一根断开的铁丝。我似乎听到了受害人撕心裂肺的哭喊。犯罪分子将门闩用铁丝拧住，把受害人困在上房内。电话线被剪断，受害人无法报警求救。受害人就那么倚着门一边疯狂拍打一边哭喊，犯罪分子则肆无忌惮地在作案现场宰杀山羊，然后从容离开。

勘查外围足迹的时候，我在与宅子隔了一个水泡子的荒草丛中发现了受害人。她穿着破旧的衣服埋头在草丛里，整个人跟枯草一个颜色。她口中还有微弱的呜咽声，那是她最后的气力。

村长介绍说，她的男人找了别的女人住进了临街的新房子，而她则被驱赶到这所废弃的老宅子里。家中的耕地全被男人占去，而她以养羊为生。羊是由村里争取的扶贫养殖贷款买来养起来的，贷款来年就会到期。她才四十岁的年龄，却头发花白，已如一个老妈妈一般。

我问村长，为什么她不到妇联部门去反映。村长说，她不愿意为难自己的丈夫。

村长拉着我的手嘱咐道：羊的命就是她的命，你们一定要想办法破案啊！

是的，羊的命就是她的命，她把她的命和羊的命连在了一起。我再去看她，她便如那些犯罪分子手下的漏网之羊，蜷缩着逃避这个世界，却又因为内心的悲伤和愤怒而全身战栗抖动。一阵瑟瑟寒风，枯草在风中沉浮，她的呜咽声终于停歇。她睁开模糊的双眼，村长、侦查员、派出所民警和我，似乎都不在她的视线里，她的眼里，还剩下什么？

我再次回到充满粪便和血水的羊圈，闭上眼凭空想象她和羊群相依为命的快乐日子：春天她赶着羊去吃草，夏天她坐在树荫下看羊在水泡子里游泳，秋天她储备了满圈的干草，冬天她为出生的羔羊喂豆奶粉。她和羊有着一样的命，她和羊分明是同类。

那一年，我向局长递上申请，申请做一名侦查员。

夜巡逢鬼

倘若这世间真有鬼神，能掌生死，断善恶，明赏罚，洞悉复杂的人性，教人脱离苦海，那该多好！

刚刚当警察的时候，曾被分配到距离市区 70 公里的贫困乡镇派出所工作。刚到的第三天，就轮到我值夜班，那天又赶上了停电，没有空调的值班室四下透风，我索性爬起来，叫醒协警刘有才出去巡逻。

刘有才是本地人，待在派出所干了好多年，是个老油条了。他极不情愿地钻出被窝，把被口用枕头堵上，然后才发动面包车和我一起出了门。

夜里，田地里下了雾，白茫茫的一片。车子在崎岖的土路上颠簸着，有才一个哈欠接着一个哈欠地打，我却越发地精神。倒不是因为担心他出什么事儿，黄淮平原上，就算闭着眼睛开，车子顶多扎到地里头，要不了多久，就又能从地头窜到路面上。我精神是因为心事：从警校真正走到工作岗位上，理想和现实的差距，带给我了冲击和思考。

正想着心事，突然有才来了一个急刹车，差点没把愣神的我从前窗甩出去。只见他从口袋里摸出个硬币，慌忙摇下车窗，将硬币抛了出去，双手合十，嘴里念念有词。看着他的举动我不禁问他怎么回事。

有才煞有介事地说："破财消灾！碰到黄大仙得拜拜。"

"什么黄大仙？你还搞迷信啊？"我有点蒙。

有才解释："黄大仙啊！你们城里人叫它黄鼠狼，在我们这儿是保家仙。刚才它从咱们车前头窜过去了。

你要不扔点钱，指不定闹出啥事儿。”

“保家仙还害人？”我不以为然。

有才急忙做了一个噤声的动作，一脸虔诚，仿佛我再胡说八道立刻就会降下天雷一般。我摆摆手，刘有才加了油门，车子继续行驶在弥漫着雾气的夜里。

车子走到一个三岔路口，我隐约看到一个老婆婆坐在田埂上。等我回过来神，赶紧让有才停车。

我问有才：“你刚才看到路边有个老婆婆没有？”

有才把头摇得像个拨浪鼓。

我当然不信他的话：“刚才一只黄鼠狼你都瞅得那么清楚，这么一个大活人，你说没有看见？倒回去！”

有才摇摇头，叹着气埋怨钱扔得少了。

“赶紧倒回去，看看咋回事！”

“不中！那是黄大仙的障眼法，千万不能回去看，等下给你绕迷了路，咱连所里都回不去了。”有才是真急了，看我在迟疑，他催促道，“咱赶紧走吧！”

我是初生牛犊不怕虎，虽然心里头犯嘀咕，却也没当回事儿，当即正色说：“咱们是警察，牛鬼蛇神看见咱们都得远远躲着，你怕啥！”

有才没办法，只好硬着头皮退了回去。

我估摸着路程，回到了经过的三岔路口，车窗外头雾蒙蒙一片，连个人影都没有。

“看看！我就说不可能有人，刚才是有东西迷住咱俩了。赶紧走吧！”有才的声音发颤。

我不顾有才劝阻，提着手电推开车门下了车。只见大片的田野上突兀地有几个坟谷堆，有的坟堆上的玉米秆还没有拔去，在彻骨的寒风里发出哗啦啦的声响。手电微弱的光在四下里扫了一周，真的一个人影都没有看到！我这才心里头着了慌。如果真有老婆婆在，哪里会这么快就不见了？于是我赶紧上了车。

车子继续在坑坑洼洼的道路上行驶。我和有才一语不发，心照不宣地凭着记忆往所里赶。大平原上，到处是田野，连个参照物都没有。走了半个小时，居然还没有找到回去的路。就在我心急的时候，我们竟然又走回到碰到黄鼠狼的老路上来了！

我的脑子嗡地一下乱了，真是鬼使神差！兜了一大圈，转不出去了！

有才放缓了车速，眼巴巴望着我，等我拿主意。我一咬牙，指挥着有才继续往前开，我不信自己会撂在这儿。没走多久，我不愿看到的一幕再次发生了：那个老婆婆，穿着黑棉袄的老婆婆，赫然坐在田埂上！仿佛好整以暇地等着我们的车开过去。

有才再也不能装作没看见了，降低了车速，等我做决定。我心中默默给自己鼓气，然后对有才说："开过去！看看她到底是人是鬼！"

老婆婆并没有动，我壮着胆下了车。警灯闪烁着，老婆婆沟壑纵横的脸上，映着红蓝的光，花白的头发从她的头巾里露出来，我疑虑稍减，壮着胆子走了过去。

"老奶奶，您是哪儿的人啊？"

老婆婆混浊的眼睛看着我，没有说话。

我提高声音："老奶奶，大半夜的，天这么冷，您怎么不回家啊？"

老婆婆起身就朝身后的方向走，她脚步蹒跚，并不能快走，我急忙上前扶住她，招呼有才把车掉个头，拐上了三岔路。我不顾有才的眼神反复示意，拉开车门要老婆婆坐上车，送她回家。架不住我的一再坚持，老婆婆上了车。

一路上我和有才依旧一言不发，但没有走多远，老婆婆就说到家了。我一愣，雾茫茫一片哪里能看到村落，哪儿是她的家。

老婆婆仿佛看穿了我的心事，冷冰冰地说："前面就是村口了，雾太大，你们路不熟，不知道。村口的路不好走，我自己回去就行。"

我看着老婆婆下了车，逐渐消失在车灯光照不到的地方。

回去的路上，我试图坚定我的想法，跟有才说这肯定不是鬼，要不然怎么可能有家啊。有才没有接我的话茬，只顾开着车分辨着路。我非常想让有才再肯定一下我的判断，因为一路的颠簸中，我一直在内心里指责着自己的冒失，想到送她回家的事，心里真有点后怕。我越想越觉得不寒而栗，大半夜坐在路口田埂上的老婆婆，迷雾中压根就看不到的村庄，我的手心攒满了汗，回单位的路，仿佛没有尽头。

“掉头回去！”我几乎是命令道，我必须弄清楚是怎么回事儿。

有才这次终于不耐烦了。我没等他的牢骚发完，要他下来，换我开车。我一把方向掉转车头，以最快的速度往来时的路赶，车子在路上颠得快要散架了，有才牢牢抓着扶手，我们的身体屡屡从车座子上弹起来又重重跌下去，那节拍和此刻我上下弹跳、起伏不定的心连在了一起。

路口，田埂上，穿着黑色棉袄的老婆婆居然还那么坐着！我的一颗心几乎要从胸腔里头跳了出来！我的眼里，有才脸上的表情比哭还难看。我相信在有才的眼里，我一定也是那个样子！

然而真相总有大白的时候，当我在内心里反复祈祷着天地诸神保佑我的时候，我面对的，却真的只是个老婆婆。原来因为儿子和儿媳妇吵架，含沙射影却是在嫌弃老婆婆。老婆婆深感苦恼，却也不愿意待在家里招人嫌弃，就出了家门。第一次经过时，她看到警车倒退回来，吓得躲到了玉米地里，所以没被发现；而第二次经过又遇见，我要送她回家时，她却不敢把警察往家里领，生怕激化矛盾；第三次遇见，是因为她压根就没有打算回家，她已抱定了在路口等上一夜的决心——不愿意见媳妇，怕再闹起来。

听完她的哭诉，我的内心也是说不出来地难受。既怕送老婆婆回家，起到反作用，又不能放任老婆婆就这么在荒野里坐着。

“我是个老不死的糟老婆子啊，我要是死了就好了。”老婆婆一直重复着的这话，就像一枚钢针一次又一次地扎在我的心上，让我明白家庭不和本就是最大的警情，我必须想尽办法把问题解决掉。

在我们的努力调解下，问题终于得以解决，小两口也认识到了错误。那时，雾已散尽，星星的微光照耀着大地，夜风也温柔了许多，我突然感到心境澄明。

在车子的颠簸中，我再次神游。这世间若真有鬼神，能掌生死，断善恶，明赏罚，洞悉复杂的人性，教人脱离苦海，那该多好！

回到爱开始的地方

再深的刀疤终有愈合的时候，但逝去的感情却终不再回来。只怪这世界变得快，我常安静不下来。

我赶到现场的时候，已经是云淡风轻了。但是从一片狼藉的客厅来看，这里曾经发生过一场惨烈的搏斗。

木地板上散落着碎玻璃渣子和百元钞票，家用电器都摆出一副不同以往的姿势，本该挂在天花板上的巨大的水晶灯掉落在茶几上。

头顶微秃的男人一语不发地坐在沙发上，他的右手捂着左臂，有血从他的指缝中间渗出来，胸前的白衬衫上也是一片血红。他的双腿分开着，右腿边上放着白色的苹果手机，手机外壳上也沾着血。

栗色短发的女人则坐在靠近厨房门口的地板上轻轻啜泣。她的双腿蜷曲着，双手搭在膝盖上，手里还攥着一把木柄的小刀，刀尖上有血。她看到我，像是忏悔的基督徒看到了上帝，准备接受随之而来的审判。可是她表现出来的淡然，却向所有人证明她做了一件无怨无悔的事情。

从现场来看，男人似乎吃了亏受了伤，但是从女人哭红的双眼看，似乎她更委屈一些。

男人放开右手抓起茶几上的烟盒递给我，我的眼角瞥过他左臂的伤口，伤口很深，伤口肌肉外翻，露出森森白骨。

我没有接男人的烟，而是掏出一根自己的烟，塞进男人嘴里，帮他点着，问他要不要先去看医生。男人摇摇头，说不要紧。

伤口不要紧？什么要紧？我反问他。

男人没说话，女人反倒把刀子一丢，声嘶力竭地喊："来吧，把我抓走吧！来吧！判我坐牢！"说完放声大哭。

我知道这一哭下去，一时半会儿根本无法停下来。征求男人的意见："你想怎么处理？一家人，你报警是什么意思？"

男人吐出最后一个烟圈，开始了他的故事：

男人和女人认识的时候才十六岁。两个人同一个乡，但是从男人的村子到女人的村子，要翻过几座丘陵，需要整整三个小时。

男人憨厚老实，个头不高，但是很结实，是个肯下力气的人。女人清纯可人，两条羊角小辫，一身碎花粗布衣服，说话爽朗，讨人喜欢。两人一见钟情，连法定结婚年龄都没到，便摆了几桌酒席成了亲。

如果没有意外，或许便会如同黄梅戏天仙配里所唱：你挑水来我浇园，你织布来我耕田。寒窟虽破能避风雨，夫妻恩爱苦也甜。就这么两个人日出而作，日落而息，厮守终老，一辈子幸福甜蜜。

可是，世事难料。夫妻两人有一天做了个大胆励志的决定，卖掉房子、土地，卖掉了一切值钱的东西，带着钱走出农村，从福建老家来到了千里之外的河南郑州。

那时的郑州，正在快速地建设发展当中。男人凌晨三点就要到莆田进购建材，背着一件又一件的地板砖，从莆田到建材城，用双脚反复丈量着脚下的土地。女人则不辞辛苦地接待一波又一波的顾客。夫妻两人，没有喊苦，没有喊累。他们常常一天连一句话都顾不上说，往往一天只能吃上一顿饭，但那个时候，夫妻两人朝着一个方向拼命奋斗，有着无法言语的幸福和甜蜜。

一年，两年，五年，十年。从临时租赁的标间，到后来的小洋房；从爬满老茧的双脚到工具车和小轿车。夫妻的生活质量在提高，感情距离却在日渐疏远。不知道是哪一天，夫妻在外有了各自的小别墅；不知道哪一天，男人有了小姑娘，女人有了小鲜肉。夫妻这个名分对他们来说已经没有了任何意义，束缚他们的似乎只剩下那两本红色的结婚证。生活平淡如水，时光平静如水，生意在继续做，两个人保持着默契，努力赚钱，只是这钱，不再放进同一个账户里。

男人见到过那个小白脸，给女人鞍前马后地跑腿，开她的车载她出去谈业务。男人的小姑娘也不错，老老实实地待在家里，烧一手好菜，等男人回来。男人以为很公平，两个人各自在外面找，互不干涉互不影响，就当什么也没有发生。

可是，男人忘了女人吃醋的天性。当女人看到小姑娘的时候，事情便变得不可控制了……

男人平静地讲完一切，感叹道：为什么当初过得那么苦，吃咸菜喝生水，却感到那么地开心幸福；如今要什么有什么，生活却什么滋味也没有了？当初没有领证，两个人却同心同力；如今有了红本的证明，却过得貌合神离？爱情如果永远在刚刚发生的时候，那该多好？

男人的泪流下来，我又点了一支烟，他接过来长叹一声，说："警察同志，我报警，就是想有个人听听我的故事。我的伤，我自己慢慢愈合，谁的责任也不追究。"

我在处警记录上随手填写：打架双方为夫妻关系，自行调解解决。

男人的伤是会愈合，可是那段感情呢？眼泪能解决问题吗？能回到爱情开始的地方吗？我常常这样问自己，我知道，我心里有个绝望的答案。

偷车贼

浮沉盛世，见微知著，从五块钱到二十块钱一碗的烩面中，洞见的是一个偷车贼的悲喜人生。

偷车贼被巡防队员带到了派出所。

作为证据的监控录像也被巡防队员用U盘拷了过来。视频时间为半夜11点。在路灯的照射下，这个偷车贼旁若无人地走到停车场，放过了几辆好车，径直推走了如今摆在我们面前的这辆赃物——一辆破旧的二八杠自行车。

偷车贼是个老头，精瘦的身子，花白的山羊胡，沟壑纵横的脸，一双眼睛滴溜溜地乱转。一查户口，居然已经年近七十了。

我印制了十几份招领启事，让巡防队员贴到自行车的被盗现场。回过头来，我开始研究怎么去处理这个偷车贼。

“为啥把你抓来？”

“因为推人家的自行车呗。”老头干笑着，嘴里满口黄牙。

“被抓到公安局，丑不丑？这么大的人了。”老头的年龄的确可以做我爷爷了。

“孩子，都是有难处的人，还不是混口饭？”老头分辩道。

我给老头倒了一杯热水，递给他，嘴上却用鄙视的语气说：“有难处你去偷好的、偷贵的啊，偷这二八大杠能值几个钱啊？”

老头喝了一口水，又露出他的满口黄牙说：“不要小看二八杠，搁二十年前你试试，能判刑！不少人还给自行车买保险呢。”

我顿时来了兴趣：“这么说，你是偷二八自行车偷顺手了？”

“也不是顺手，是偷这自行车失主不心疼。”老头把剩下的热水一饮而尽。

真是一朵奇葩啊，我都快被逗乐了：“哎哟，盗亦有道，看不出你还有这讲究啊。”

老头喝过水，话也就聊开了，表情舒展开来，不顾我的讽刺，反问我，“你骑自行车不骑？”

“不骑啊。”

“那就是了，现在哪些人还骑自行车啊？要么就是穷学生，再不然就是扫大街的、拾破烂的。学生骑车讲究，都是山地车，花花绿绿的，带变速啥的，不能偷！”

“那扫大街、捡破烂的自行车就能偷了？”我被老头的歪理逗乐了。

“当然能啊，扫大街和捡破烂的，路面小区都是他们的地头，这种破自行车，好多都是白送给他们的，他们丢了也不在乎。”老头的解释好像还挺有理，我不住点头。

“你这么说，扫大街和捡破烂的还都成了土豪了。你也去干不就行了？”

“你看你说这话就外行了。你是真不知道这里头的道道？扫大街捡破烂都是有势力范围的，是你想干就干的？”老头白我一眼，抱起胳膊，跷起了二郎腿。

“那就没有你能干的活儿？”

“没有了。我这都是五进宫了，要有活儿干，谁去偷啊？次贷危机，房地产不景气，受冲击了。不然也不会又回来推车。”老头唏嘘感慨。

“次贷危机还能冲击到你？”

“那可不！以前我在工地上给人家看大门，现在开发商跳楼了，也没人管了。”

我突然有些沉默。

“没办法，十年前推个车，还能卖 50 块钱，够我吃 10 碗烩面。现在推个车，最高也就卖 20 块钱——一碗烩面钱。”老头愁眉不展。

本来是想和老头谈心，了解一下他的经历，谁想反倒被他说抑郁了。

老头也一脸郁闷的样子，小心翼翼地跟我商量：

"听说……里头的饭还免费，要不……你给我弄进去几天？"

命案与父亲

养不教，父之过。杀人偿命欠债还钱，从来是天经地义的事情，即便父爱如山，也该教人坦荡磊落。

案件排查到第六天的时候，所有人都已经筋疲力尽了。

这是一起杀人案。被害人大年三十走失，初七的时候有人在路边的水沟里发现了她，她头部朝下漂在水面上。

侦查员以案发现场为中心，不断扩大摸排调查的范围；技术员则围绕案发现场展开勘查。

三天里，侦查员们在周围的村落里挨家挨户调查了一遍，悬赏线索的公告也已经贴满全城。就在侦查员们一筹莫展的时刻，现场勘查人员终于在现场有了重大发现。

为了在现场寻找物证，技术员对路基下的水沟进行了彻底的勘查。经过昼夜不眠地搜索，技术员们在没膝的淤泥里找到了一枚金属套筒。套筒的一头焊接着一个六边形的螺母，螺母和死者头部的伤口正好吻合！

这是一件特制的专用工具！几乎所有人都如此肯定。但是这件专用工具是用来做什么的呢？没有一个人说得出来。我多么希望拥有可以像青山刚昌赋予柯南的侦探天赋，能够直接说出这奇怪的作案工具的用途来。

侦查员经过一夜走访，终于搞清该工具是用于汽车修理的，可以套在风炮上拆卸汽车轮毂上的螺丝。

虽然这座小城有二百多家修车店，但侦查的范围毕竟缩小了许多。

当桥头修车店的老头打开店门的时候，一辆面包车停在了修理厂。“司机”走过去给老头看手里的作案工具：“大爷，我在路边捡了个东西，你知道这是干什么用的吗？”

“你在哪儿捡的？”老头没有回答侦查员的问题，“这是我家的东西。”

“你家的？这又没有写名字。”侦查员按捺住内心的激动。

“这是我家自己焊的，用来卸螺丝的。你看看这上面的裂纹，这是风炮卸螺丝时整裂的。每次裂过之后，我就再焊一个套筒上去，你看看都焊了多少次了。”老头力图证明这工具的归属，他哪里会知道，自己同时也在证明着一件作案工具的归属。

“那这东西你有没有借给别人啊？”侦查员问。

“天天使唤的家什儿，借给别人，我用什么？”老头还在强调。

侦查员不断变化着问话技巧：“我这可不是在你家门口捡的。我在路边捡的，刚来向你打听，你就说是你家的，也太巧了吧？”

“这家什儿天天都放在我家车上，我儿子平时开着车出去给人家修车补胎。我儿子可以证明这是我家的。”老头想到了证人。

“那好，你把你儿子叫来。你什么也不要说，等他来了，咱们问问他，你家的套筒是什么样子的，如果他描述的特征和这个套筒吻合，那就说明真是你家的。”侦查员把重音放在了“真”字上。

“好！”这倔强的老头一口答应下来，说着就打电话叫他儿子来店里，真的一句多余的话都没有说。

当老头的儿子看到套筒时，已经无须再去证明什么。几名警察将他架到了面包车上。他面如死灰，双腿如筛糠般颤抖，仿佛末日的审判已经到来。

老头虽然不明所以，却已意识到了危机。他踉踉跄跄地冲到车门前吼着："那家什儿是我焊的，是我的，有什么事儿找我！"

这一会儿，说什么都已经太迟了。老头老泪纵横，软软地倒在车前面。是的，是他证明了自己的儿子——杀人犯。

老头的儿子被带走了，技术员陪着老头坐在地上。给老头递一根烟，老头默默抽着。他已经想到了满城风雨的杀人案，不住地叹气。

最后，老头把烟头摁灭在土里，爬起来，拍拍身上的土，喃喃地说："到现在我也不相信我的儿子会杀人！就算是我知道你们给我看的是杀人工具，我也一样会把他叫来。如果他真的杀了人，那是我没教育好，你们要枪毙他，我也认了。"

老头仿佛一下子老了十岁，他弓着腰，反剪着双手，转身走进那布满黑色油污的修理店。料峭的风还在吹，天色一下子变得阴沉昏暗。

妈妈，我疼

如花岁月，似水流年。人生的不堪和生命的脆弱，一念之间即可改变，它渴望要陌生人的慰藉和温暖。

深夜，一个陌生的电话把我从沉思中拉回了现实。

我皱了皱眉头，在第二次响铃之后接通了电话。

“校长。”电话里的女孩声音很低，带着点儿犹豫。

我一愣，问：“你打错电话了吧？”

“您不是范校长吗？”女孩子语气笃定。

“我姓范，是警察，但不是什么校长。”我分辩道。

“嗯，是的，我就是找您，我是春晖中学的学生。”她提高了嗓门儿，电话那头还带着强风拂过话筒的杂音。

女孩子一表明身份，我突然记起，前些日子自己刚被任命为春晖中学的法制校长。之后，我还去学校给学生上过一次法制课，是在学校大礼堂上的，教中学生如何提高安全防范。我并没有把法制校长这种虚衔当真，毕竟自己只是一名普通民警。但当女孩子这么称呼我时，我立即认识到，眼下这个电话绝非寻常。

“嗯，可以说说怎么了吗？”

“我男朋友不要我了……我心里很乱……我活不下去了……”女孩子断断续续地说着，没说完便哭了起来。

听着对方电话里呼啸的江风，我的脑子里瞬间形成了一个画面：一个女孩子从家中偷跑出来，孤零零地站在江岸上——一朵生命之花随时要凋零。我想确认女孩的具体位置，但我不确定等自己锁定了电话的位置后，再见到的会不会是一具冰冷的尸体。

“嗯，我不知道你到底遭遇了多大的伤害，但请你等我讲完我的故事再做决定，可以吗？”

“嗯。”女孩子的声音细如蚊蝇。

于是我开始了我的三个故事：

我在派出所工作的时候，曾经一连三天，遭遇了三起自杀案件。

第一天是刚上班的时候，接到一个报警电话说有人自杀。案件现场距离我们派出所直线距离不超过500米，一个社会盲流，用束腰绳把自己挂在道旁树上。你看，死其实是一件很简单的事情，完全可以由自己控制。

第二天是上午九点，辖区的一个建筑工地上，一个四十多岁的女人爬上了塔吊。这个女人在工地上负责做饭，工人嫌她做饭太难吃要赶走她，她一气之下就爬上了近百米高的塔吊。别看我是个警察，我爬那么高都会腿软脚软，可她却完全不害怕。我赶到的时候，她坐在横梁钓钩那一端。我拿着喊话器做她的思想工作，想拖延时间，但救援人员刚到现场，救援气垫还没有升起来，她就先跳下来了。你看，死一点都不可怕，想死的时候，可以克服一切恐惧。

第三天是夜里十点多，一个小青年，中学辍学在舅舅开的饭店里当学徒，和女朋友拌了几句嘴，女朋友打了他一耳光，他转身进卫生间，反锁上门，然后拉开卫生间的窗户直接从六楼跳了下去。我赶到现场的时候，人还没有死。他躺在女朋友的怀里，他女朋友一边哭一边发誓再不惹他生气。他的意识已经模糊，但还能说话，一直喊：妈妈，我疼。一直到进抢救室他还在一直喊着，但最终没有活着出来。

前两件事我并没有多深的感触，但第三件事在我心里一直是个结，我常常想，男孩为什么直到要死了，疼得受不了，才想到他妈妈呢？而女孩为什么直到男孩跳楼了，才哭着承认错误呢？死是一件很简单的事情，但死，能不能不留遗憾？

女孩沉默了许久，说："谢谢你，校长，那我回家去了。"

挂完电话，我立即到楼下拦了一辆出租车，沿着江堤转了两圈，并没有发现什么异常。回来的路上车开得很慢，江风拂面，我的内心激荡，比侦破一起命案还要舒坦。

拉二胡的老头

"当"的一声，硬币准确无误地落入铁罐里，那撞击声并没有吸引他的注意力，拉弓的僵硬的手丝毫没有停顿，而那声音却重重地砸在了我的心上……

我的单位旁边有这座城市里最繁华的一座立交桥，环立交桥一共有五条路，每条路距离立交桥不远的地方都有长长的公交车站台。尤其是东南角的公交车站台，由于处在公园门口，同时旁边又有地铁站的出入口，人潮涌动，成了名副其实的黄金站台。

依托这黄金站台讨生活的人有很多，有靠着公园栅栏摆摊卖鸡蛋灌饼和卷凉皮的；有在公交车站牌后面卖报纸杂志的；有的推个三轮车卖点简单的手工艺品，多是用铁丝绕成的自行车、糖人、芦苇叶编成的小动物；还有扯着嗓门吆喝着招揽路人的摩的师傅。所有的营生，都围绕着行色匆匆的路人展开。

当然，不得不说的还有在站牌旁边空地上施展浑身解数行乞的人。他们或是翻着白眼，一手拿着搪瓷碗，一手持着木棍慢慢腾腾地往前走，无论你怎么躲闪，他们总能够准确无误地出现在你的面前，晃动着手中的碗，碗底响起的硬币的碰撞声，提醒你“积德行善”；抑或是将整个身体蜷缩起来埋藏在板车里，盖着脏兮兮的毛毡，两只脏黑的手抓挠着地板，拖着板车往前挪动。这动作看似很艰难，但他们总能将板车操纵得灵活自如，稳稳停在你的脚尖前面，将铁罐子弄得梆梆作响，等待着施舍。这些花样，算是陈旧的乞讨方式了。

如今在黄金站台立足乞讨的，是些身怀“才艺”的人。这些人分两种，一种是搞“表演”的，另一种是玩音乐的。“表演”分初、中、高级阶段。初级阶段的多是装病：一人得了不治之症，横躺在空地上，身上盖着厚厚的棉被，另一人在旁照料，手里拿着纸箱板不停驱赶着压根就看不到的蚊蝇；中级阶段是默默无闻型：两人搭档，身后两辆山地自行车，一身车手打扮，神情低落，口唇干裂，面前放一张纸，上书“我们饿了，借款七元”；高级阶段则是写几张大字报，内容不外乎是贪官污吏强抢豪夺逼得当事人家徒四壁妻离子散债台高筑……几个孩子不住地磕头，场面怎一个惨字了得！不提要钱的事儿，面前的纸盒子却表明了他们的意图。

但无论怎样的表演，总会在谢幕时被戳穿，于是立于不败之地的，只能是那些“热爱音乐”的人。曾经的黄金站台边上，是一个拉二胡老头的领地，虽然和“表演系”的相比有些势单力薄，但是带着会响的家什，路人的注意力就会被他吸引走不少。他的身高顶多只有一米，穿着灰色的毛衣，红色夹袄，面前放了一只破旧的铁质奶粉罐子，里面多是些一元的纸币。罐子很高，生怕装进去的钱被风吹走了似的。他一手扶弓，一手拨弦，坐在简易的马扎上，怡然自得地演奏着，并不向那罐子多看一眼。他的演奏实在太随意，没有欢快的节奏，也听不出多少悲伤，时断时续的。

他偶尔还会停下来，拿起脚边黑色的老式收音机听上一段豫剧,或从夹袄里摸出老年手机接个电话,回应着:“过会儿就回。”

后来，站台前出现了两个年轻人，一人弹吉他，一人敲架子鼓。吉他是普通的民谣吉他，架子鼓则由一个吊镲和两只铁皮桶组成。他们一出场就吸引了大部分路人的眼球，学生、上班族、摩的师傅等各行各业的人纷纷驻足观看，甚至还拍照录像、鼓掌呐喊。他们或是穿着灰色的T恤，或是穿着方格衬衫，和周围的人融在了一起。他们嗓音沙哑，演唱得很投入，鼓声比真鼓更有力量,多是汪峰许巍以及自创的歌曲，充满了正能量，符合主流声音，一下子就能打动在创业路上奋斗的年轻人。于是，他们面前巨大的琴盒里，装满了钞票，十元二十甚至是一百。路人毫不犹豫地将口袋里的大面值钞票愉快地献出。仿佛他们和这歌手有着共同的追求——琴盒边上的A4纸上写着——“以音乐为名，为音乐而生”。

二胡的声音完全被密集的鼓点掩盖了，于是拉二胡的老头不得不辗转到其他地方去。他先是到了立交桥下的自行车停放区，之后又挪到了立交桥南的护城河桥头。我不禁为老头的处境担忧起来。他显然不懂得营销，他的衣着、乐器和曲子都太过普通。他唯一的优势是身体——他完全可以以侏儒症的残疾理由去讨钱，却偏偏要靠音乐天赋。当然如果他肯在马扎旁边也立一张A4纸，写上“民族的，世界的”几个字，或许可以提高一点自己的关注度和“竞争力”。而他却是主动退避三舍，让出了黄金地段。

冬天来了，矮小瘦弱的老头换上了深色的棉袄，但河上吹来的凛冽寒风依旧令他瑟瑟发抖。我几次裹得严严实实地从他面前走过，他怡然自得地拉着二胡，仿佛眼前的所有事物不存在一般。

周末，结束手头的案件，我晃悠着再次从老头的身边走过，犹豫着要不要和他聊上一聊，却下意识地摩挲起口袋里的硬币。那是一枚一元的硬币，是我的公交路费。“当”的一声，硬币准确无误地落入铁罐里，那撞击声并没有吸引他的注意力，拉弓的僵硬的手丝毫没有停顿，而那声音却重重地砸在了我的心上……

家贼难防

许多案件，不过是智子疑邻的猜忌。这世间比贼更可怕的，是那颗多疑的心。

事件一　鸡蛋引发的血案

A君和B君是多年的好邻居，如果在平时，A君家里的梨树的枝蔓伸进了B君院中，B君会很自然地摘下来品尝；B君也会在菜地多揪一把葱，送到A君家里。然而邻里和睦多年，如今却在派出所里闹得不可开交。A君头破血流，B君身上亦多处负伤。在警察的调解下，两人依旧攻讦谩骂，平日从不计较的事情此时全部扯了出来，从家长里短到流言蜚语，似乎这些年两人攒下了解不开的血海深仇。

事情的起因是B君家中的鸡蛋总会无故丢失。B君怀疑有人偷鸡蛋，嘴里骂骂咧咧、含沙射影，自然针对的是A君。A君当然不甘示弱，跳出来责问B君骂谁。B君自然认为A君是此地无银三百两。于是一场血腥的厮杀随即上演。

打架事件双方均有责任，但如果各打五十大板，这仇可就结深了。

于是，警方奔着化解邻里纠纷的责任感，围绕鸡蛋被盗展开深入调查。

调查结果令人大吃一惊，原来偷鸡蛋的贼居然是B君的儿子小B。

原来小B喜欢吃雪糕，其母不给买，于是小B便偷自家鸡蛋卖掉去买雪糕。

案件成功告破。

A、B两家冰释前嫌、握手言欢。

事件二　窃书怎么算偷？

甲中学乙班被盗，震惊整个学校。校长在升旗仪式上再三强调，被盗事件，任何人都不许走漏风声！

乙班被盗的并不是学生的钱包玩具，而是全班的教科书。就在一夜之间，整个班级的教科书全部不翼而飞！这些书本是国家免费发放下来的，如果捅到新闻上，后果相当严重。

丢书事件受牵连的首当其冲的是校保卫科。保卫科长，其实就是看大门的C大爷，白天负责收个信件，转交个家长送来的雨伞、衣服，学生放学后锁大门，半夜睡不着了再出去溜达两圈，算是巡逻。

校长作了专门指示，不许报案！一旦报案，全市都会知道，年终的评优评先就全都泡汤了。所以必须内部解决！责令C大爷与乙班班主任成立联合调查组，查找一切蛛丝马迹，务必在下周升旗仪式之前破案！

而后，校长又将乙班班主任专门留下谈话，要求其秘密观察C大爷最近的动向和异常表现，比如是否有为其孙子大量购买零食的行为。

世上没有不透风的墙，C大爷知道全校的师生都在怀疑自己——学生家长也不让其转交物品了，教师骑车也不和他打招呼了，有学生甚至对他指指点点，低声嘀咕着“小偷！小偷！”。

C大爷扬言要去报案，校长认为C大爷是要挟自己，打算开除他。而C大爷则认为校长是要拿自己当替罪羊，把屎盆子往自己头上扣。

于是，老实憨厚的C大爷与文质彬彬的校长，在校门口发生冲突。C大爷住进了医院。

警方在案发三天后介入，利用20分钟时间成功侦破。偷书贼居然是乙班的D和E学生！

原来乙班的D学生和E学生的父母不支持其购买

课外书，两人在向父母要钱未果后，悄悄将本班教科书全部偷走卖掉，用来购买课外书。可偏偏两人未将自己的教科书卖掉，而是藏在家中。于是事情败露。

两件事，“贼”都安然无恙，却害苦了一帮“局外人”。

这世界，通常可怕的不是贼，而是那颗多疑的心。

脑中风患者

生命的乐趣在于其存在的意义。那么一个丧失了劳动能力的人，她该用怎样的形式去迎接她有尊严的余生？

她头发花白，上身穿着碎花的灰褐色无袖衫，下身则是黑色的长裤，裤子上斑斑点点。从她身边路过的业主纷纷侧目，掩着口鼻匆匆走过。

她戴着电工用的绝缘手套，一手牢牢抓着绿色垃圾桶边沿，半个身子贴着垃圾桶，头往桶里探，另一手则在桶里不住翻找。

我隔着嘉泰小区警务室的窗子暗自观察着这名

老人。

嘉泰小区什么时候允许拾荒老太太进来了呢？要知道，在平日里，假如我不穿制服不开警车来办公，保安还要对我这新来的社区民警好一阵子盘查呢！

老太太的动作很慢，并不像别的拾荒者那样，手里拎着一只编织袋，随时把有价值的废品往里塞。她先是把翻拣出来的废品都扔在地上，无论是易拉罐还是废纸片，但凡能卖点钱的，她都挑出来扔在右脚边上，而把垃圾桶里原本捆好的垃圾袋则扔在左脚边上。然后她慢慢蹲到地上，将右脚边的垃圾一股脑地装进一只超市专用的塑料袋里，而后打开左脚边上的垃圾袋慢慢检查、挑拣。这种塑料袋里一般都是厨余垃圾，馊饭、西瓜皮、果核和废品混在一起。不一会儿，装废品的塑料袋就塞满了。她像完成了任务一般，心满意足地离开垃圾桶。

她走路的姿势很怪异：左臂平抬，小臂平伸在胸前，左手掌心向下，五指紧握。右手向后摆臂固定，手里拎着废品。她的上半个身子猛然发力，先探出去大半，在身子的带动下，左脚艰难地往前点出了一小步，平衡作用下，她的身子又收回了一小半，收回的同时，右腿拖动着右脚跟上了左脚。这么一整套动作下来，才算是完成了一步。她就这么一步步地走向2号楼。

她在2号楼前自行车坡道前停住，小心翼翼地把身子的重心往下降，两手紧抓栏杆慢慢往下滑，终于坐在了地上。她应该是累了，要休息一下。脑中风后遗症！我突然想到了这个词，同时也想到了父亲。父亲在派出所值班室里值班期间，突然栽倒在地上，紧急抢救后，也是这般模样。

过了一会儿工夫，老太太抓着栏杆，努力站起来，走进了2号楼的大门，消失在我的视野里。我急忙出了警务室，安排保安去盯一下，以免出现什么状况。

保安解释，老太太是小区的业主，没有问题。

业主？像嘉泰小区这样的高档小区里居然会有这么一位捡垃圾的业主？一场中风洗尽家产啊！我不禁又联想到父亲住进医院后，他的同事纷纷捐款救助的事情。

我联系上物业经理，跟他建议：小区里有个老太太，是中风患者，半身不遂行动困难，是不是发起个救助活动？

物业经理的回复很干脆："是不是捡垃圾那个？不用救助！人家儿子儿媳各自都开有自己的公司，拔根汗毛也比咱的小腿粗啊！咱小区地下停车场人家停着三辆车，平时上班儿子开的保时捷，儿媳妇开的玛莎拉蒂，还有一辆悍马 H6 节假日出行。你救助她，那不是笑话吗？”

岂有此理！家里如此有钱，却让老人捡垃圾？我挂了电话就往 2 号楼跑。作为社区民警，我得好好给这不孝的儿子儿媳上堂课！

来到 2 号楼一楼大厅，老太太刚走进电梯，我顺势也跟了进去。电梯在 12 楼停住，我跟着老太太出了轿厢——我得摸清她的住处，适时跟她儿子开讲。

老太太很警觉，扭头看着穿制服的我问：“有事儿？”

我报以微笑，并没有回答她。我知道如果提前和她沟通好，反倒会让儿子疑心是她报案而招致母子之间更深的感情沟壑。

老太太仿佛看穿了我的想法，她摇摇头，指指右手上的废品说：“千万别让我儿子知道，他知道了一定不让我捡。卖废品的钱尽管微不足道，可这是我力所能及的事儿。我知道他孝顺，但我也有尊严，我不想就这么在家里混吃等死。”

误会消除了，但我的脑海里却浮现出一幕幕和父亲有关的场景：他坐在家里看法制频道；他不厌其烦地捣鼓警务通手机；他敲打着双腿给领导打电话汇报身体康复。政治处的同志劝他在家安心养病时，他近乎哀求：我起码还能整理个台账接听个电话啊！

看着老太太的笑容，我突然明白了。我立刻转身下楼。在电梯里，我给父亲的警务通手机发了一条信息：爸，明天我送您上班去。

报假警

夫妻之间的感情生活，却要祈求警察干预。可笑？可叹？世事总令人扼腕唏嘘，掩卷沉思。

春节联欢晚会刚开演，我接到了110指挥中心的派警电话，称凤凰城17号楼1302室有人卖淫嫖娼，要我们立刻赶到现场处置。

小何和我挂上单警装备出了门。我开着车，一路上他都把这个出警当成个笑话，说各行各业都关门歇业了，“她们”居然全年还在加班，真是够敬业的。如果不让他们在拘留所里跨年，那真对不起我们除夕夜值的这个班。

敲开1302室的房门，我呆住了。开门的显然是女主人，容貌清丽，穿着棉布家居服，满脸疑惑。房间陈设简单，灯光明亮，门口鞋柜边整整齐齐地摆放着几双拖鞋，客厅里传来电视播放节目的声音。小何扯了一下我的衣袖，连连对女主人道歉，说我们走错了。

没有幽暗的灯光，没有嘈杂的人声，没有浓烈的香味和烟味，没有杂乱的布置，那明显是一个正常的家庭。在这个时候打扰人家，不仅令人生厌，还有可能受到投诉。

我们悻悻地回到派出所，还没有停稳车，110的派警电话又来了，再次通知说有人举报凤凰城17号楼1302室有人卖淫嫖娼。小何在电话里跟派警员反复核对了举报的信息——地址没问题。拨打报警人电话，没有人接听。

我们再次来到1302室，直接表明来意。女主人面露愠色，转身回房间拿出来一本房产证和她的身份证。送我们出门的时候，女主人道："两位警官，我觉得大过年单凭别人的一面之词或者是杜撰出来的借口就来我家骚扰，是不是不太合适？"

我们连连道歉，再次灰溜溜地离开了。

110 指挥中心第三次派警的时候，春晚十二点钟的钟声已经敲响。派警电话说，报警人情绪很不稳定，投诉处警民警不负责任，到现场没调查就离开了，工作敷衍了事。如果处警民警不认真工作，她将到督察部门投诉。小何和我相视苦笑。

第三次到 1302 室，是男主人开的门。男人出离愤怒，拽着小何的衣袖，一个个房间打开，让他好好在房子里搜查，看看到底有没有违法犯罪的勾当。临出门，男人撂一句话："大过年你们警察来三趟，真晦气！"小何忍不住回了一句："警察是瘟神啊？谁没事愿意大过年来回折腾？"男人声音高了八度："你们比瘟神还瘟。"哐啷一声，男人把门重重地关上了。

回去的路上，我们发誓一定要把这个报假警的给揪出来，让她在拘留所里好好反思一下，搞清楚警务资源不是这么随她浪费的。在几个部门的通力协作下，我们找到了报警人。

报警人是个中年妇女，她没了电话里的那副狠劲儿，一把鼻涕一把泪地哭诉：1302 的那个男人是她的老公，住在姘头那里已经半年多了，她报警只是想让警察去把他吓走，好回家和她们母子过年团聚。

看着眼前这个可恨可怜可叹的女人，我们俩面面相觑，竟有些手足无措。

这不是我想要的生活

民以食为天，生活百味也在举杯抬箸之间。生之多艰，所有感动与辛酸，尽在盘盏之中。

我带着实习生小包出警回来，在建业路口西北角的一家早餐店吃早餐。

这是一家阳光工程早餐店，无论是粥还是馒头，花样种类繁多。吃烦了所里的小米稀饭、咸菜馒头，我常带小包来这家早餐店改善生活。

早餐店和往常一样，熙熙攘攘，跟个菜市场差不多。我要了两碗大米南瓜粥、两块钱的葱油饼、两块钱的千层饼、一块钱的水煎包、两个肉包、两个小菜、两个卤蛋，和小包在一个四十岁左右的女人对面坐下。我们两人狼吞虎咽，瞬间就吃得只剩卤蛋和粥了。

“老板！”对面的女人连喊了几声，负责充餐卡的老板才注意到。

“怎么啦？”店老板凑过来。

女人拿勺子在碗里拨了拨，道：“我点的皮蛋瘦肉粥，是不是盛错了？”

店老板看了看粥碗，道：“没错，是皮蛋瘦肉粥。”

“为什么没有瘦肉？”

店老板被问愣在那儿。

我开始打量这个女人。她穿着白底碎花的裙子，头发轻挽在脑后结了一个小发髻，脸色暗黄，眼睑微微下垂，手腕上用红线穿着一枚金质的卡通动物，修长的手指捏着银色的勺子柄。看得出来，这是个曾经养尊处优的女人。

她不像一个挑毛病的人。我不动声色地观察着。

“我们的肉切得碎，粥也熬的时间也长，肉都化在里面了，可能看不到。”店老板回答。

女人怔怔地发呆，轻叹了一声。

“这样，您看这样成不？送您一份小菜，或是个鸡蛋。”

店老板话音一落，女人居然哭了起来，四座的注意力全都聚了过来。女人抽泣着，眼泪吧嗒吧嗒往下掉。小包赶紧把餐纸递过去，而店老板有些不知所措。

“我哭不是我真的在意皮蛋瘦肉粥里有没有瘦

肉。”女人解释。

我也愣了：不在意你这又是哭又是叫的，闹什么幺蛾子。

突然，女人歇斯底里地喊道：“我哭，是因为这不是我想要的生活！”

女人话音一落，放下勺子掩面而去。

什么样的生活？为皮蛋瘦肉粥里有没有瘦肉而计较的生活？我嚼在嘴里那最后一块葱油饼，居然有了一丝苦涩的味道。

眼里，住着一个高贵的灵魂

他颓然躺倒在床上，他到底没有机会见识那绝世的容颜和优雅的气韵，不过就在他眼里，住着一个高贵的灵魂。

病房里住进来一个女人，似乎一切都变了。

她年龄不大，说话声音很轻，但很动听。他感受着身边的这种变化。

自从眼睛看不到东西以后，他的嘴巴似乎也丧失了功能，变得沉默寡言。他的听觉系统反倒逐渐敏锐起来，当初教室里的琅琅读书声，教室外风吹树叶的沙沙声，如今会长久地萦绕耳旁。

他躺在病床上静静地听，听房间里发生的一切。但那个女人的话也不多，多发出一些“嗯”“好”之类的音节。他理解她，对于丧失了视觉的人都一样，看不到繁花锦簇，看不到人世斑斓，就少了表达的欲望。因为看不到，无论别人表达能力如何丰富，自己只能想象，亦无法产生共鸣。他们都是孤独的人。

他过去并不孤独，有一帮朋友，他们旷课在宿舍睡觉或是打篮球，夜里翻墙出去上网或是去酒吧喝酒。他觉得这个世界不懂他，家人不懂他，他不该囿于教室里，他的征途是星辰大海，所以他选择和他的知己们放荡不羁，游戏人间。然而一场意外导致他丧失视力，使他的梦戛然而止。他的眼睛看不清了，他的心反而透亮了，他过去忽略的，反倒时时忆起了。

病房里那女人的人缘特别好，朋友们常来看她。女人怕麻烦，不让大家来，大家反倒更热情了，纷纷说是上下班顺路来的。有人煲了鸡汤带过来，一闻味道就知道是自家小火慢慢煨出来的。有人就带点自家地头种的西红柿，说是无公害的绿色食品。屋子的花常有人更换，百合、康乃馨甚至是玫瑰，不同的香味撩动着他的神经，这女人一定有很多人追求吧！也有人来了不说话，微微叹着气，不过那人也很注意控制情绪，旋即又说些让人一听就会感到春光明媚的话。

更特别的是医院的医护人员，他们对待女人的态度也和对待别人不一样。护士长每天一定会亲自来查房，亲自推她出去检查。院长也来了两次，对她嘘寒问暖。副院长、护理部主任、分区主任、分区护士长都跟着来。院长的声音和蔼可亲，其他人陪着笑，仿佛一点都不在意房间里还住着一个他。

这种差别待遇令他不悦，但他没有发作。看不见的这些日子里，他已经学会了隐忍和内敛。况且他那么幸运，已经找到了角膜的捐赠者。等做完角膜移植手术，他就可以重见光明。他是不幸中的幸运儿，还有什么好争的呢？他期待康复后第一时间看到病房里这个女人，看看她是有如何的绝世容颜和优雅气韵，竟能在失明后还有那么多人喜爱她。能看得见真好！他内心感慨。如果单凭想象，人生得有多少遗憾啊！

他要动手术的前一天，病房里来了许多人，但他们不是来探望他的，这再次令他嫉妒。人们不说话，但呼吸的气息能传达许多信息，他感到人们有许多话，却选择搁在了心里。他想女人的眼睛一定是治不好了，不然气氛不会这么压抑和悲伤。

“明天能把我的警服带来吗？”女人请求道，声音很低。“我想再看一眼自己穿制服的样子。”

有人终于忍不住哭了出来。

“看”？他内心里打了个问号。原来她是一个警察！他突然意识到。

夜里，他听到了窸窸窣窣的声响，他感觉到女人下了床，缓缓走到他床前，站立着一动也不动。他攥紧手心，内心极度恐慌，绝对的黑暗令他浑身战栗。警察会伤害自己吗？为了眼睛呢？他戒备着。他紧张地咽了口口水。女人察觉后，慢慢又退回了自己床上。能看得见真好！他内心感慨。如果看不到光亮，人与人之间得增加多少的猜忌和不安啊。

手术很顺利。他回到病房里，却感到了一丝不安，准确地说，他感觉不到那女人的存在。他静静地聆听，静静地等待，直到夜里，女人依旧没有回来。女人的朋友们没有再出现，花香也随之消失，一切都重归于平静。

第二天早上，医生来复查，他忍不住提出了疑问。

“她走了。”医生言辞闪烁，他听得分明。

他怅然若失，突然又恍然大悟，“我的眼睛是她的吗？”

医生并没有回答。

他颓然躺倒在床上，他到底没有机会见识那绝世的容颜和优雅的气韵，不过就在他眼里，住着一个高贵的灵魂。

第二辑　人物篇

有人说，警察都是标准件：一个个四肢发达头脑简单的模样。其实，警察是多面的、复杂的，是形象鲜活有血有肉的个体。他们或聪慧机智，或身手敏捷，或幽默风趣，或耿直诚恳；他们铁骨铮铮嫉恶如仇，他们铁面无私爱恨分明；他们既有铁血豪情，也有柔肠热泪，他们既是人民的卫士，也是家人的依靠……他们是一个个生动可爱的人。

詹老头

他就这么静悄悄地离开了。这也许是最好的离开方式，就像从来没有离开过一样。

和他共事的五年间，我一直叫他詹老师。在这个时候，我突然想叫他詹老头。

詹老头其实一点也不像个老头。詹老头身姿挺拔，身手矫捷，说起话来声若洪钟。也许是患高血压的缘故，他总是红光满面的，整个人显得气宇轩昂。如果不是38年公安工作带给他的满头华发，你很难从他身上找到一丁点老的痕迹。

刚到经侦大队的时候，我问过詹老头年龄，他故意岔开话题，很明显是拒绝回答。还有两次有人向他打听，都碰了钉子。我一直不明白为什么詹老头对待年龄像女人对待体重一样敏感。

詹老头每天都是最早到单位的。他先把电脑打开，烧上开水，然后在大办公室里巡视一周，见人就一个一个地派烟。

詹老头的烟不好，就是十块钱一包的帝豪，队里的几个烟民也都抽这一款。我以前不明白，既然大家都抽同一款烟，何必要逐一派烟呢？原来詹老头高血压很严重，按医生的叮嘱不可以抽烟。但如果派烟给大家之后，每个人再抽烟的时候自然要派给他，他嘴上说着“俺不抽了”，可对方稍微一坚持，他就笑眯眯得像下了很大的决心一样——“好！

再点一根！”

每每这个时候，就会引来办公室里一阵哄堂大笑。詹老头向我传授心得：这叫给抽烟找一个合适的理由——拒绝香烟容易，拒绝同事的情意似乎就很困难了。

詹老头的烟瘾是当初在刑警队工作时染上的，刑警队突发案件多，常常要熬夜加班，不抽烟熬不住。后来他被调到看守所，身为所长的他几乎整日整夜守在在押人员身边，烟瘾噌噌往上涨，健康指数跟着嗖嗖往下滑。局领导想要他调养一下身体，便把他调到经侦大队干点轻松的工作。

可詹老头闲不住，到外地出差他要去，去银行调取证据资料他也要去，抓人的时候他也要壮壮声威，讯问的时候他要复印书证、打印笔录、指导签字，就连年轻人都不愿干的留置看守也一样少不了他。

詹老头曾消失过一段时间。一个团结的战斗集体，突然少了一个人，大家觉得心里空落落的，特别不舒服。两个月后，他又出现了。原来他是生病到外地医治去了。病愈回来，詹老头公开承诺不再抽烟，可熬夜加班依然，戒烟当然就算不得数了。

有一阵子詹老头特别高兴。那段时间，有专家教授正建议要把退休年龄延迟到65周岁。他也总逢人就说，人的平均寿命都提高了，退休年龄是应该改改。

日子磕磕绊绊坎坎坷坷地过。一天早上，我点开网页，看到的第一条政工简报，是詹老头填的词：

甘草子·退休

惊闻退休已批，回想入警三十八年，且站好了最后之岗，甚感欣慰，特赋退休之感。

从警。一生拼搏，退休无需哽。忆在当年时，梦启残阳兴。

忠正实诚令人敬，洁自好、慎行如镜。铸就徽章更端正，莫让青春静。

他就这么静悄悄地离开了。这也许是最好的离开方式，就像从来没有离开过一样。他的座位还在，每天我还会到办公室里看上一眼，仿佛还能看到他，看到那过往的点点滴滴——他在听网络课程，在填在逃人员信息表，在帮我复印材料，在给大家续上一杯水，在挥着手说“俺不抽了”，在下班时整理一下手头的卷宗说“开路”。

我突然意识到，他不愿提及年龄，是他对工作的无限的忠诚、热爱、不舍和留恋。

他是个干脆的人，接到命令就雷厉风行地退休了。我知道，他的人退了，但他的心永远没有退休。

枪库保管员

验枪，收枪，望着一地弹壳，抖抖微微发麻的虎口，感受着耳膜的嘶鸣，他仿佛回到了那不畏生死的少年时代。

他面前摆放的是一列五四式手枪，一共 16 把。每一把他都如数家珍。

哪一把枪扳机不好扣，哪一把枪击锥磨损严重，哪一把枪复进簧换了新的，他都清清楚楚。

他是退伍军人，分配到公安局就负责管枪，一管就是三十年，名副其实的枪库保管员。

在他工作的这三十年里，一共管理过三种手枪：五四式、六四式和七七式。他最钟情的还是五四式手枪。这种手枪，射程远、威力大、穿透力强，一枪就能致命。当然，他身高马大，手掌像个蒲扇，五四式手枪正好称手，不像六四式手枪捏在手里像个小孩子的玩具。他尤为喜欢五四式手枪强大的威慑力，一颗子弹打出去，单是枪声就能让逃跑的人脚跟软掉、吓尿裤子。

五四式手枪毕竟是半个世纪前的产物，受制于当时的研发技术，天然存在一些缺陷，譬如弹匣填入后，为了保证弹匣到位，还得狠拍一下。更要命的是，这枪容易卡壳。

他不允许别人对五四式手枪说三道四。他认为枪本身的问题不是问题，问题在于谁来用它。

他的枪法很好，拔枪迅速，举枪沉稳，击发准确。他不像别人那样，双脚跨立，双手牢牢抓着枪柄，准星缺口眼睛三点一线，缓缓扣动扳机。他习惯单手持枪，晃中瞄、晃中扣、晃中响。8+1 的装填方式，九发子弹打到靶上，无论是打哪个部位，永远都只需要一盏菜碟就能盖住九个弹孔。

他知枪懂枪爱枪，并且对这种能够致命的凶器有一种由衷的敬重。

他的工作很枯燥无味，主要是负责收发枪支和维护枪支。收发枪支的工作很简单，按照规定流程，做好登记。但这个简单的过程，他也做得很精细。每次出任务，他会问一下大致案情，需要多少枪多少子弹，他也能够给一个很好的建议。他发出去的每把枪，有什么细节的特点，都会给用枪的人交代到位。譬如扳机有点死、弹匣弹簧损伤最多压6发子弹否则容易卡壳等。他明白枪意味着生命，忽视一个小细节，就可能造成永远无法弥补的伤痛。

维护则是个累活。首先卸下弹匣，拉动套筒，确认枪膛内是否有子弹，然后分解枪支，一个个零部件卸下来用棉布条和小刷子来擦拭。枪管内由于发射药燃烧不完全，容易留下残渣，就要用通条来回擦拭。擦拭完之后再涂上专门的保护油，防止枪支久放引起生锈腐蚀。最后再将枪组装回去。

三十年后的今天，随着公安工作变化，那些曾经协助破获无数重大暴力犯罪案件的武器日渐沉寂了。发枪领枪的次数越来越少，他和别人交流枪的次数也越来越少。枪常年安安静静地躺在枪库的枪箱里。只有他，仍定期做着自己的工作：蹲在密封的枪库里，按部就班地对枪进行清洗、擦拭。

05式的9mm口径警用转轮手枪配发，单位派他去接枪。他验视着面前这只能装配6发子弹的手枪，掂量着它的重量，威力、射程、音效，他有太多的不满意。

新枪来了，老枪就要退出历史舞台。他跟局长商量，能否收藏一支将要报废的手枪。局长神色一凛，反问道："你不知道工作纪律吗？"他没再多说一句，转身离开的脊背竟有些佝偻。局长犹豫了一下，叫住他："等等，你把过期失效的子弹报废了吧！"

下午，在乡间一个临时封闭警戒的山沟沟里，他手持五四式手枪，填上压满的弹匣，枪声回响，山林沸腾，30米外的弹靶上，弹孔密聚一处。

验枪，收枪，望着一地弹壳，抖抖微微发麻的虎口，感受着耳膜的嘶鸣，他仿佛回到了那不畏生死的少年时代。

群山静默，大地静默，天空静默，它们都明白，这枪声，是一把老枪的谢幕仪式，亦是一名老警的告别礼。

你不知道的领域

在他的领域里，他做出了什么样的成绩，破获了怎样的案件，受到了怎样的表彰。你无法分享他们的骄傲和荣光，他们是特殊战线上的无名英雄。

我经常在餐厅遇到他。

40 岁左右，身材保持得挺好，吃得并不多却很慢，一脸沉稳。警衔戴得中规中矩，两杠二星，一点没有越级提拔的样子。

起初我猜测他是办公室的，因为他的脸上丝毫没有风霜洗礼的痕迹。像我们这种出外勤的，随时拎包就走，风霜雨雪，调查取证，缉捕追逃，与犯罪分子打交道多了，整个人的脸就像被刻刀雕过一样，身上的气质，凌厉的眼神，一看就能看得出。

然而，办公室里的同志都是绞尽脑汁做政策研究，搞调研，写各类公文材料，经年累月，青丝熬成谢顶。这与他一头黑黑的浓发不符。况且，办公室人员平时工作节奏快，他们往餐厅一坐，往往不说话，匆匆扒完饭走人，绝对不会像他那样细嚼慢咽。

政工部门？警衔的优越性没有体现出来；后勤保障部门？缺少精打细算的精明劲儿；信访部门？缺少笑容。交警、巡警、特警，我一连猜测了几个警种，后来自己全给否定了。但这倒让我对他产生了兴趣：同一个行业里，竟然还不知道有这样的人存在。

在之后的工作中，我开始有意留意他。到其他警种部门办事，我首先会刻意去找寻他，然而并没有结果。一个单位的同事，穿着相同的制服，却像神一样的存在。我承认自己对他的兴趣越来越浓了。

终于，我主动出击了。在餐厅看到他吃饭，我借机坐在了他旁边的空位上。

“兄弟贵姓？”

“刘璞。”他扭头看了我一眼说。

“经常在餐厅见到你，就是不知道你是哪个口的。”

他扭头冲我笑笑，继续低头吃饭。好奇怪的一个人，难道他不明白我话里的意思？难道他就一点也不想结识身边的同事？

回到办公室，我立刻开始收集刘璞的信息。然而，自始至终，除了他的身份信息中写着和我属同一个单位之外，哪怕是个通知通报、表彰表扬、晋衔培训，都没有任何和他有关的信息。

时至今日，我依旧没有更多的关于刘璞的信息。我只能从体貌特征上，反复猜测，又反复推倒。我们同属一个整体，却是不同分支上的一个小部件，我们守望互助，熟悉又陌生。

你不知道和你坐在一起吃饭的同事，在他的领域里做出了什么样的成绩，破获了怎样的案件，受到了怎样的表彰。你无法分享他们的骄傲和荣光，他们是特殊战线上的无名英雄。

我敬重这些我不知道的领域，我敬重这些和我保持着距离的“刘璞”们。

路不平

路不平感慨道：人生路不易，不平之事太多，做警察一定要主持正义扶弱惩强。

路不平是我入警后的第一任老师。

新警刚加入警队，局里会统一安排岗前培训。培训内容便是教官带着熟悉各项业务，熟悉辖区情况，早上要出操，夜晚要巡街。

路不平是一米八的大高个，浑身疙瘩肉，两块结实的胸肌把警用T恤撑得满满的。国字脸棱角分明，浓眉大眼，高鼻梁厚嘴唇。用小松的话说，这张脸长得太“公安”了！

小松是政治处的干事。新警报到完，他拍着我的肩膀介绍分组情况，一本正经地说：“小天，跟着路不平能学到不少东西。一定要虚心！”

我找路不平报到的时候，他的眼睛瞪得像铜铃一样，铁塔一样的身子抖那么一抖，仿佛瞬间暴涨了几厘米。

“路警官？”路不平愣神看着我，旋即带着莫名神情强调，“不错，是路警官！鄙人姓路名不平。”

我当然想到了那句“路见不平一声吼”，这人的名字也取得太讨巧了。

“你当我是落草为寇的梁山好汉啊？你给我站好了！三十分钟军姿！”路不平的大嗓门把我钉在了水泥地上。

早操的时候，路不平会教我们队列动作。

我们大多数人在警校就已经训练过多年队列动作，可是和路不平一比较，总有那么点差距。

路不平的齐步行进与立定是我见过的最标准的。

仔细观察，路不平就像是有强迫症一样，无论什么时候走路，都必然走齐步。

出早操的时候，大家在跑步，路不平只是站在操场中间喊着一二一的口号。有人在队尾起哄："路警官，没事儿走两步啊！"

路不平笑着摆摆手，走起齐步来。

白天，路不平会开着电动巡逻车带我们到辖区里巡逻。他记忆力很好，能够讲出某个地点曾发生的某个案件，案情如何发展，警方如何侦破。他还会总结出某种案件的高发区域，譬如沿河的小公园易发生抢劫案件等。

每每讲到一些惨烈的案件，我们便会唏嘘感慨。感慨生命的脆弱，感慨犯罪分子的凶狠。这时候路不平也会长叹：人生路不易，不平之事太多，做警察一定要主持正义扶弱惩强。

这时候逗趣的同学也会摇着脑袋起哄说：人生路，不平啊！弟兄们，拔刀吧！

路不平也就跟着开玩笑：宝刀已老，不好使啊！

是的，看路不平斑白的双鬓，确实是老了。但比起我们这些新警，路不平一点也不显得落伍，不仅电脑打字速度快，并且能够制作图文并茂的幻灯片。

在培训即将结束的最后一次步巡时，我们在菜市场见一菜贩与三名城管队员对峙。

菜贩个头不高，体格也不强壮，皮肤黝黑，眼睛里闪烁着商人的精明。

“我是没活路了，下了岗没工作，你们要不让我卖菜，就是断我的路。我活不下去，那我也不会让你们好过。”菜贩扬扬手，拿刀指着城管队员威胁道。

“你这摊子占着马路影响交通，跟你说过多少次了，每次都应付我们，今天必须处理你。”

“你当你是交警啊？马路是你家开的啊？有事让交警来处理，和你们城管有什么关系！”菜贩晃着自己左手，食指明显断了半截。“看见我左手没？你们谁要逼我，我就让谁和我一样残了。”

“说什么残不残的？”路不平从人群中穿过去，一把将菜贩手里的刀夺下来丢在菜板上。“残就能吓唬到人了？还不得好好赚钱养儿子？摊子挪市场里头是没有路口赚得多，可安全啊！人要活不好了，你赚再多有什么用？”

“你说怎么办就怎么办，谁让我孩子欠你一条腿呢！”菜贩一跺脚，收拾起摊子。

我吐吐舌头，惊叹之余也是满脸疑问。

路不平冲着我笑笑，轻轻拉起裤管，那脚踝上部鸡蛋大的伤疤，分明已经变形。

原来路不平，只是别人取来的善意的绰号。他为了救横穿马路的菜贩儿子，被疾驶的汽车撞残了腿。

路不平是我一生的老师。

离开任长霞的日子

一切似乎都在变，一切似乎又没有变。你顺应了那个时代的变化，又终是停留在了那个时代，但你的精神依旧让我们敬重。

今天是你的忌日。

我找领导批材料，领导的签字笔在纸上游走，签完名，写日期的时候，他的笔一顿，抬头跟我说：“咦，今天是任长霞的忌日啊！”

我的记忆就这么被带回了十二年前。那时我还不是警察，还坐在高二的教室里上早读课。课上了一半，不知道哪个没有在校寄宿的同学来了，爆出了任长霞牺牲的惊天消息。一个公安局长好端端地死了，一定有内幕，黑社会报复吧？早读课乱哄哄的一片。

之前我知道你的名字，知道你是局长，知道你的车牌号是0044，知道你让我爸他们早上在公安局院里跑早操，知道你规定了市区内接处警到达现场时间不能超过5分钟。我把你划为和我们班主任一类的变态女人。

但就因为你平白无故地死了，通过同学的议论我掌握了更多关于你的信息。一个可能遭遇黑社会报复而死的警察，显然是个英雄，英雄是伟大的，是令人敬重的。于是，你在我心目中的形象一下子树了起来。

十二年前你的追悼会我参加了，整个少林大道都封路了，从市标到市公安局，超出出租车起步价的路程，路两侧站满了人。我挤到最后也没有挤到你跟前，一路上到处是号啕大哭的老头儿老太太，把我的情绪也给点燃了，仿佛我也欠着你多大人情似的。我本来是想挤到你那儿看看，看看你到底咋死的，伤在哪儿，回去好跟同学多点谈资，结果我的心情却因为那感人的场面而灰暗低落，毫无想表达的欲望。因为逃课，在校门口被校领导抓到，被罚站了一下午。但我没有怨你，我拿你和我们校领导比较，我觉得校领导太掉价了。

在秋天的入党积极分子培训班里，我观看了关于你的视频资料，资料拍得很粗糙，和那些中央级媒体包装出来的东西完全是两个概念。视频里你站在一个长条桌前面对着群众讲话，长条桌上铺的是国民床单，再上面放的是一个农村的大喇叭，你的口气很硬，两个词我到现在还记得——坚决打击，绝不姑息。后面采访群众的视频里，一个满脸络腮胡的老头一把鼻涕一把泪，撩起他的褂子来，展示他背上的长条伤疤，说是被砍刀帮砍的，而你带人打掉了砍刀帮，为他主持了公道。

再后来，我就读了警校，穿了和你一样的衣服，只是衬衫变成了蓝色的，少了你衣服上那种铁灰色的刚强。当我介绍说我来自登封时，教官拍着我的肩膀说，小伙子来自英雄工作过的地方。我的心头顿时热血翻腾，那是你带来的骄傲。

我到派出所实习，还有你的同事在聊你，有说你好话的，也有说难听的，但没有不服你的。他们说以前有个半疯的老女人天天来派出所缠闹，说邻居把界石偷偷挪了，要派出所帮她讨要被邻居偷占的一绺田地。有一次她又到值班室来闹，开口闭口说任局长说让派出所解决。值班民警说她："你开口闭口说任局长说的，任局长是恁娘？"结果悄悄站在门外的你立即推门进来，回敬那值班民警，我不是她娘，我是她闺女！

后来我参加工作了，关于你的消息也听得少了。英雄总是不断涌现出来的，人们也总是善于遗忘的。你的名字只剩下了纪念馆门头上的那三个字，你的传说不再在一茬又一茬的新警之间传诵。

那些在你那个时代里，看似难以接受和改变的事情，放在如今的环境里，却显得滞后了。

你是否知道有视频监控？是否知道有大情报信息判研？是否知道有沃尔沃警车？是否知道警综一体化平台？是否知道有"八大件"？是否知道有执法记录仪？是否知道有专门的办案中心？是否知道警务通？是否知道有专门缉捕潜逃境外的经济犯罪嫌疑人的"猎狐行动"？

一切似乎都在变，一切似乎又没有变。你顺应了那个时代的变化，又终是停留在了那个时代。但你的精神依旧让我们敬重。我记得你，但无须牵挂，因为后来人会更加努力前行。

再见，老兵

历史的车轮滚滚前行，一个老兵却以特立独行的方式存在于警队中，光阴荏苒，时光把他湮没在了无声的岁月里。

反感他的人，背地里骂他神经病。

和他要好的人，说他是特立独行。

工作中，面对与同事的格格不入，他叹口气，自嘲说，自己是个与社会脱节的人。

民主生活会上，面对那些带着善意的批评声音，他诚恳地说他没有与时俱进，没有赶上社会潮流。

他是公安局里唯一用钢笔记录询问笔录的侦查员。他用的是一只派克牌的金尖钢笔，用黑色碳素墨水，写庞中华的宋体字。每记完一页笔录，他都会拿在手里看一看，看运笔的力度、字体的比例、笔画的结构、整体的章法。如果这些放在二十年前，甚至是十年前，都是一项令人骄傲的本事。他在部队的时候，硬笔书法在全军拿过一等奖。拿枪的兵多的是，拿笔杆子的兵却被当个宝。

自他参军起，从通讯员干到文书再到参谋，一级一级升上来，血与火洗礼了他的整个青春。他以为他会在部队这个熔炉里燃尽自己的生命，却不曾想度过半生风雨之后转业了。朋友们劝他转到清闲部门安心养老，他却毅然决然地加入了公安队伍。

无论刮风下雨，无论前一天加班到多晚，他都会在每天六点钟出门跑步，七点四十到办公室烧水、打扫卫生，雷打不动。他是一个节制而有规律的人。可是，在别人眼里，他却是个拖油瓶，除了会烧水扫地，什么都干不了。

当初他站在全师一万多人的队列面前喊口号，声音也能传到最后面一排的士兵耳朵里。可是如今呢？他只是一名普通的警察，一名享受着正科级待遇的普通警察，他能指挥和号令的，只有他自己。

字写得再好，也比不了打印机打印的效果；字写得再好，也比不了同事在计算机上噼里啪啦的敲击。

在这个追求效率的时代里，在这个注重时效的队伍里，他被远远地甩在了后边。

于是，他从刑警调到了禁毒，再调到督察，又调到国保，最后落脚到档案室。在无人问津的档案室里，他终于沉寂了下来，曾经那些到警营里继续发光发热的誓言变得暗淡无光了。

他把领到的警务通手机关掉，锁进档案柜，之后默默地装订着手边的案卷，麻利地打孔穿线，填写卷宗封皮，编号归类。随着一排排沉重的档案柜在轨道上移动，案卷被尘封起来，他似乎也被尘封了。

到了岁月熬尽的那一年，岗位大练兵又起。训练场上，当他被大家异口同声地推举为指挥员时，他仿佛听到冲锋号又起，青春激昂，热血沸腾，激动之情溢于言表。他稳步走到队列前面，那步伐动作一如昨天，却多少有些蹒跚。他努力挺直多少有些佝偻的脊背，喊出掷地有声的口号，随着口号声，队列的动作整齐划一。

秋风秋雨里，他的声音有些发颤，双眼濡湿。接着他一口气打出二十招擒敌拳，招招辛辣刚猛，拳拳虎虎生风。收拳时，他情不自禁吟道：

醉里挑灯看剑，梦回吹角连营。八百里分麾下炙，五十弦翻塞外声。沙场秋点兵。

马作的卢飞快，弓如霹雳弦惊。了却君王天下事，赢得生前身后名。可怜白发生。

人群静默，齐刷刷地向他敬礼。他泪流纵横，迅速起手回礼。这场面一如转业前那天。

再见！警营。

再见！老兵。

李法医

李法医来了，局长的笑凝固了。

我看看李法医的眼神，知道他在想什么。

尸体从水沟里捞出来，第一时间被送进了路边临时搭建的一个塑料棚里。

死者虽是女性，但因为冬日里穿的棉袄在水沟里吸足了水，分量很足，几个魁梧的特警一起跳下水才把尸体捞出来。被害人的家属本来打算花钱雇几个人专门抬尸体，但是被亲自在现场坐镇指挥的局长拦下了。

头部有伤。死者的家属看得分明，所以哭号声就没有停歇过。一边哭，一边屡屡冲到局长面前下跪，求局长做主。

局长直皱眉头，他满脑子都是“命案必破”四个字。

李法医穿戴整齐地从车上下来了。他年龄大了，腿脚不利索，走起路来慢吞吞的，但神情依旧桀骜不驯。一身蓝色的防护服，除了那副黑框老花镜，其余地方都是制式装备。

局长见到李法医，连忙凑上来介绍情况。

李法医对局长摆摆手，招呼一下正在勘查现场的大冰和我，进了塑料棚，他要先看尸体。比起局长来，他相信尸体多一点。毕竟承诺招新法医的事，换了几任局长也没有落实到位。而尸体，从来不会说谎。

第一现场找到了没？李法医只看了一眼便问。

“在路边灌木丛那里。路边的泥土、树枝上都有喷溅血液。”我答，“凶手杀人之后将尸体抛入路基下的水沟里。”

“不要过早下结论。”李法医摆摆手说。说话间的工夫已经把死者太阳穴边上的伤口检查完毕。

那片伤口本该血肉模糊，可是却在水里泡得发白，隐约可见白色的骨头。

每个伤口是大约120度的三角，凶手应该是持六棱的钝器多次击打了死者头部。我踊跃表达我的看法。

“六棱钝器？”李法医笑了，“你上学把脑子上坏了，六棱钝器表述得看起来很专业，但太不准确。什么六棱钝器？有没有可能是一颗大螺丝钉？螺母是不是就是六棱的？！”

我和大冰恍然大悟。

“148号尸体，开始记录。”李法医提醒我。

翻身，脱衣服，检查尸表，记录伤情、尸斑、尸温、瞳孔，等等。

“右手掌多处挫伤。”李法医交代。

“挫伤又不会致人死亡。”我晃晃发酸的手腕，揉揉发僵的手指。零下十度的天气里，写字都困难。

“必须记上，无论什么情况都要如实记下来。虽然你们不做法医，但是做哪项公安工作都要认真。你们小，要为前途考量，工作上的事，一出问题都是大事儿。”李法医低下头，从眼镜上方盯着我们说。

“解剖。”李法医拎起刀，语气里带着叹息。

那叹息是一句话——解剖是个体力活，需要年轻人接班了。

伤口推定作案工具的范围，作案工具推定嫌疑人范围，加上现场勘查的其他线索，案件很快就破了。

嫌疑人被戴上黑头套送进了看守所。接到受害群众送来的锦旗，局长笑靥如花。

李法医来了，局长的笑凝固了。

“又来要人？你不是还有几个月吗？局党委在商量等你退休了返聘你。”局长提议。

我看看李法医的眼神，知道他在想什么。

彩　票

孙志达买的是七星彩，每期都买，每期都买同一组号码：2005312，只买一注，风雨无阻，雷打不动。

孙志达从口袋里头摸出来一沓钱放在我面前。我还在愣神，他撂下一句话："老曹冠心病，局里号召给他捐款治疗呢！你替我交了，我赶点去买彩票。"

我一下子不好意思起来：我本来还在犹豫着捐100元还是捐50元，孙志达居然拿出了1000元！

我还能想起第一次见到孙志达时的情形：

"别叫我老师，这老师二字我可当不起。"孙志达拦住我递向他的香烟，一脸傲慢地说。他穿着卡其色的夹克，皱皱巴巴像买回来就没有洗过熨过一样，下身是警服的西裤，裤子上磨得起了毛，口袋边沿黑亮黑亮的。他两条胳膊搭在椅子扶手上，左腿跷在右腿上，一边用右手拍打着扶手，一边抖动着左脚。

其实我能预料到这种情况，对于孙志达这个年龄段的民警来说，他们什么样的案没有办过，什么样的伤没有受过。拼也拼过，斗也斗过，晋升无望，加薪无望，一门心思就是想着软着陆。讲政策讲道理对于他们来说是最幼稚的把戏。别说组织，就是局长，他也照怼不误。

所以当领导把我和他分到一个探组，任命我做探长时，我就被他这么摆上了一道。本想和他套近乎，利于工作开展，却换来了一份君子协定：他什么工作都可以干，打扫卫生、整理卷宗、开车、值班、开会，唯独不办案！立功受奖评优评选的机会全给我，他一概不争。

“一个警察，天天和案件打交道，怎么能不办案？”我的眉头一皱。

“不是不办案，是不做案件的主办警官。办案要求两名侦查员共同去做的工作，我会和你一起做。你自己审问，自己记录，我陪你坐着。我不了解案情，也不参与案件，我给你打下手。”孙志达解释说。

这种人，我除了心里暗暗叫苦之外，还能奈他何？临了他又补充了一条：“加班时，必须留时间让我去买彩票。”

彩票，彩票！人生如果不再靠拼搏奋斗，而寄希望于运气，是多么可悲的一件事情啊！而这样的人生，又是怎样悲哀的人生啊！我为孙志达感到悲哀。

孙志达买的是七星彩，每期都买，每期都买同一组号码：2005312，只买一注，风雨无阻，雷打不动。2005312，很明显是由一个日期组成，这样老套的选号方法也只有孙志达这种人才会用。可就是这种只花 2 元钱买彩票的奇葩，居然捐款 1000 元！

几天后，我正在收拾材料准备去检察院，孙志达推门进来了。他一屁股坐到椅子上，拿起水壶倒了一杯水，一扬头咕嘟咕嘟就下了肚，接着把杯子重重放下，一言不发，茫然地盯着电脑。

“我去检察院送卷宗，你要不要一起？”我问了一句，立刻意识到这话有点多余。

当我拉开门的那一刻，孙志达说：“老曹走了。”

我的脚步一顿，转身去看孙志达，他居然在哭！眼泪顺着他的脸颊往下流，他努力用手抹着。我努力在脑海里搜索着安慰人的语言，却找不到一个合适的词。

孙志达狠狠地抽了一口烟，叹口气，打开了话匣子：警察的平均寿命只有48岁，这个数字，其实离我们很近。老曹就在这个平均点走了。他这么一走，可就苦了一家人，父母老婆孩子，靠谁养活！有时候想想，这种过度劳累熬出来的病，还不如和歹徒搏斗因公牺牲来得实在，那起码还能有抚恤金。

静默，出奇地静默。一根烟在孙志达的手中燃尽了，烟灰落在了他的裤腿上。他就那么直愣愣地盯着裤腿上的烟灰。

我扫了一眼他放在桌子上的彩票，突然发现从来只打一组号码的彩票上，居然多出来一组号码：2015227！

瞬间，我突然意识到了什么！

“你用老曹的忌日买了彩票？你想用中奖的奖金去照顾他的家庭？”我猜测道。

孙志达点点头：“这第一组号码是我第一个搭档的忌日。我和他，还有老曹是同一批入警的，我们一起搭档了十多年。十多年来，我们的案件一直都是他主办，我协办，习惯了。所以，在他牺牲以后，我就没有想过再和任何人搭档。”

从那以后，我的手中也多了两注彩票。

雪　藏

他长身而起，如一柄六尺长剑，可那一刻，不再是剑刃森森。犹如裹了一层剑鞘，那剑光，再也不会映照那流光的年华。

“同志，请出示你的证件。”门口的武警拦下了他。

他的脚步一顿，看了一眼武警，从怀里掏出一张崭新的警察证。

武警拿在手上仔细核验，从最上面的姓名到最后的有效期限，之后带着疑惑的神情又问：“你参加工作都十几年了，怎么从来没有见过你？”

他笑了笑，接过警官证，没有解释什么，而是从容地整理了一下簇新的制服走了进去。

他到局长办公室报到。当年的副大队长如今已熬成了局长。局长把他招呼到会议室里，通知了当年和他一起战斗过的战友们。他面对这些人，显得很局促。战友们都已不再青涩，有人已经谢了顶，而且一个个都带了“长”，成了各个业务部门的负责人。当然，还有人已经永远地离开了。本来是该欢聚一堂，好好回忆一下青春，介绍一下各自这些年的变化，可话题里总有那么多悲伤和慨叹。

曾经，他和这些人对未来充满了憧憬，对他们的职业生涯有无限的期许。曾经“以中原治安为己任”的铮铮誓言、“剑不如人，剑术不能不如人”的豪言壮语犹响耳畔。倥偬半生，一切恍若隔世，方知当初不过是年少轻狂。于是，整个会议室里沉默下来。

局长打破僵局：“我们都说了这么多了，说说你吧？”

他茫然地看着大家，苦笑起来。从接到返岗通知开始，他就迷茫了。

说说自己？他曾经准备了很长的一段发言，讲述卧底的故事，讲述其中的危险、复杂、敏感。他的事够写好几本小说的，屡为惊天大案提供线索的他，早已是警界的无名传奇。但一年一年过去，他变得沉默了，那些本来他认为很有必要说一说的事请，那些他原本也认为很刺激的事情，被他尘封起来再也不愿意掀开。

当然，他明白大家关心的是什么。不仅是工作，还有家庭和生活。而他之所以苦笑，是因为，他没有家庭和生活。当初，他只身闯入龙潭虎穴，总想着将来的事将来再说，结果便没了结果。没有妻子，没有孩子，没有家庭，什么都没有。于是，他只能搓搓手，无言以对。

又是静寂无声。局长拍拍他的肩膀：“不管怎样，都要祝贺你顺利回归！”

祝贺？他丝毫没有开心的感觉。本以为结束卧底工作，会一身轻松，但事实并不是如此。他早已习惯了在睡觉的时候充满警觉，习惯了开车的时候紧盯后视镜，习惯了携枪的时候不关保险。如今，他要启动另一种模式，那是之前所不曾度过的人生。他叹了口气。

“想去哪个部门？”局长问。

见他没有答话，局长又说：“巡特警、装财科、政治处、经侦、交警、治安、指挥中心，你对哪个感兴趣？”

局长善解人意地解释：“巡特警就是原来的巡警，因为维稳形势的需要，现在又组建了特警，专门负责急难险重的任务，但咱们单位这块压力不大。装财科，只提供警务保障，远离了公安业务。政治处、交警、治安都是老样子，指挥中心是有了110报警服务台以后慢慢组建的。这些业务口，你去做个副职，安心养老。”

四下里坐着的都是他交心的兄弟，大家对于这样一个安排都很满意。这么些年的生死博弈，是该享享平安养老的生活了。

他长出一口气：“我还可以留在禁毒部门吗？”

大家愣了。在他们的队伍里，有的人牺牲了，有的人被开除了，他们所乘坐的这条船早已不是当初鼓满风帆的样子。有人急了，劝道：“老蒲！这可不能意气用事，你该享享清福，做点自己的事儿了。”

老蒲。他的心一紧，当初他还是小蒲。后来，连他自己都快要忘了自己姓蒲。如今再被提起，已是这般。他长身而起，如一柄六尺长剑，可那一刻，不再是剑刃森森。犹如裹了一层剑鞘，那剑光，再也不会映照那流光的年华。

我会顶住

一个人承受钻心的疼痛，在纸上写下的却全是关乎别人的话。这是怎样一个顶天立地的人物！

这一刻，你一定感受到了钻心的疼痛吧？

那钻心的疼痛，不是来自于你身体的多处骨折，也不是来自于你内脏器官的多处破裂，而是来自于你的牵挂和不舍，来自于你从来不敢正视的那份沉甸甸的爱。

你放不下，你必须选择顶住，必须选择坚韧地活下去。

别问我是谁，我是你200万战友中的普通一员，所以，我知道你的这种疼，我们都知道你的这种疼。你顶得住，兄弟们和你一起来顶。父母妻儿在等你，兄弟们也在等你。

“阿霞对不起。”这是第几次对妻子说对不起？不计其数了吧？忽略了多少情人节和结婚纪念日，爽约了多少次约会，耽误了多少个中秋节和春节？陪父母看病，辅导孩子家庭作业，照顾全家老小饮食起居，每一项都是妻子在承担。对于这个家来说，你如同一个客人。而这一次，连同你自己，也要交付给妻子了。她陪你走过了多少青春年华，如今又添了多少白发。做了警察，你注定要一生亏欠。

“照顾好阿妈。”小鸟知反哺，尽报养育恩。母亲含辛茹苦将你养大，却始终没有机会去报答她。你想过陪她好好说说话，想过陪她回一趟老家，想过带她出去走走，想过给她认真祝一次寿。你想起来小时候每次受伤，妈妈把你抱在怀里，你对着妈妈哭着喊疼，妈妈轻轻拍打着你，哄你睡着。如今，你比过去的任何一次都要疼，但你必须忍住，还要安慰妈妈：妈妈不哭。

“我会顶住。”是的，你会顶住。身为警察，身为人父，身为人夫，身为人子，你需要顶住的太多太多。千钧一发的凶险，马不停蹄的奔袭，披星戴月的加班，你背负着沉重的职责，直面所有寒风冷雨，你必须顶住！尤其是这一刻，当死神和你擦肩而过的时候，你必须顶住！顶住那不堪忍受的疼痛，顶住那簌簌落下的眼泪，顶住那众目睽睽的期待，顶住此刻加诸在你身上的所有苦难。

“照顾好我们的宝宝。”对啊，这是最难以放下的事啊。宝宝是爱情的结晶，也是这个家的未来。你想起自己初为人父的喜悦，想起你信誓旦旦地保证要陪着孩子一起健康快乐地长大，想起要通过身体力行给孩子树立一个榜样，想让孩子骄傲地对别的孩子说“我爸爸是个警察，我爸爸是个英雄”。你为孩子规划过未来——科学家？教师？商人？等等。做个和你一样的警察？你满意地笑了。

这便是你强忍疼痛在醒来那一刻写下的话，在意识偶尔清醒的一瞬，强烈的意志驱动着你写下了这些，交代完了你所有的嘱托和牵挂。这些话是你过去从来不会说出口的，因为我们明白，在使命和责任前面，谁也无法直面内心这份来自家庭的沉重。

兄弟，我们相信你会顶住，你会继续背起这份沉重，你会继续扛起使命和责任。你会顶住，我们都在帮你顶！

(2015年7月9日，东莞一名嫌犯实施盗窃后，驾驶一辆越野车撞开两辆警车和多辆社会车辆准备逃窜。刑警郑浩源挺身而出试图逼停车辆，被嫌犯驾车从身上碾过，后被送往重症救护室救治。第二天，郑浩源醒来。无法说话的他挣扎着用笔写下一行字：阿霞对不起，照顾好阿妈，我会顶住，照顾好我们的宝宝。)

计　划

所有的按部就班，抵不过突发事件。你计划好了一切，这计划却赶不上父母的衰老。

虽然他在生活里是一个不修边幅随性而为的人，但是工作起来却很有节制。他的案件很多，哪个需要取证，哪个需要抓人，哪个需要提请批捕，哪个需要起诉，哪个需要出差，这些他都得列入计划中去。

当然计划只是计划，新案件的发生会打乱原来的计划安排，同时，临时巡逻、设卡拦截、训练、执勤、突发事件处置、会议等工作，也会对原有的计划产生干扰。要想尽量保证原计划的实施，他就需要加班。

可如今遭遇的事情，纵使加班，他也无法保证原定计划顺利实施。

他的妹妹打来了电话。

“什么事？简单说。”他一刻没有耽误，拿起手边的案卷。

“哥，咱妈喉咙不舒服，俩月了，我怀疑是扁桃体发炎。”妹妹在电话那头怯懦地说。

“有事怎么不早说？！不知道带她去医院检查检查吗？”他手中的铅笔一顿，笔尖断裂，火气不由自主地窜了上来。

“咱妈说是小事，吃点消炎药就能过去。”妹妹辩驳。

“现在！马上！跟你们单位请假，带咱妈去检查！”他命令道。

他挂了电话，面对着电脑屏幕，脑子一片混乱，本来计划好的事情全部乱了头绪，一桩桩一件件没头没脑的。他想要强制自己凝聚心神，反倒更是方寸大乱。他想到自己的童年，想到母亲抚养他长大的一幕一幕，想到去世的父亲，他陷入深深的恐惧之中。他是一名警察，能够给别人带去安全感的警察，可此时此刻，他却完全没有了安全感。

他最担心的事情发生了。十点钟，妹妹带着哭腔打来了电话："哥，初步诊断，咱妈得了食道癌。"

"什么是初步？！早干嘛去了？为什么有点不舒服的时候不告诉我？要你有什么用！"他在电话里怒吼。

"你是当哥哥的，咱妈的事你问过没有？问过没有？就你忙？就你的事儿排得满？"妹妹猛烈地反击令他哑口无言。在静默中，伤心的情绪蔓延开来，妹妹在电话那边号啕大哭，而他的眼泪，也跟着簌簌落下。

"你先带咱妈到省人民医院做检查，我向单位请个假，把手里的案件交接一下，明天赶过去。"他给妹妹做安排。

"到这个时候你还不马上走？咱妈有个三长两短，我不会原谅你！"妹妹挂掉了电话。

他删掉原来的计划，开始制订一个月的计划，什么时候提讯谁，什么时候给谁办理延长拘留手续，什么时候将谁的取保候审变更为强制措施，什么时候谁的逮捕期限届满应予起诉……这些要制定出来交给同事去完成。他在键盘上一边敲打，一边一个案件一个案件地确认。案件不能等人，他请假期间，案件的办理必须照计划进行。

在制订计划的时候，电话还在一个一个地涌进来，办公室内勤的、律师的、受害人的、大队长的、亲戚朋友的，一件又一件事情，令他恨不得关了手机。可是，他不能，他害怕漏掉任何一个电话，他怕那些电话，关乎着他人的切身利益。

他为那么多人那么多事计划着，却漏掉了重要的一环。他的父母，他注定此生亏欠。

当一切安排停当，已经夜深了。从早到晚，他只是在办公室里泡了一桶方便面。他的胃又绞痛起来，他拼命咽了两口唾沫。他走在漆黑的楼道里，整栋办公大楼，只有他的脚步声。他一层一层把楼道灯打开，沿着楼梯慢慢往下走着，盘算着他的计划是否还有纰漏。

走出办公楼，他不禁长出一口气，抬头仰望，依稀看到天空上有几颗星星。小时候，满天繁星，他在外面和伙伴疯玩，母亲找到他，拉着他的手训斥："你是不是要到星星出齐才肯回家睡觉？"

这一刻，他关掉手机，迎着凛冽的风，终于腾出时间，失声痛哭起来。

反扒警察的国庆日

他不能算乘客，更算不上城市观光者，他是一台可移动的监视器，在监视那些欲行不轨的窃贼。

他口袋里装了两部手机，一部用来接听家人朋友的电话，一部用来接听领导同事的电话。

第一部手机通常一整天都没有动静，大家都知道他忙。只有妻子早上会给他发信息叮嘱他记得吃早餐，晚上会打电话问他回不回家吃饭。

第二部手机通常一个月都没有动静，号码只有单位的同事知道，但他必须携带着，因为这是一部警务通手机。

这部警务通手机虽然没有电话，但是常常会有短消息发来。“温馨提示，请各位民警同志务必在下班的时候将警车停放在单位。”“温馨提示，根据市局局长1号令规定，严禁任何时候饮酒。”“温馨提示，国庆节到了，各位同志务必保证在人在岗，确保社会大局稳定。祝大家长假快乐！”

看这些短消息的时候，他就蹲在公交站台上。他恨不得把这手机丢在垃圾箱或是砸碎。温馨提示？这些冷冰冰的话哪里有半点温馨！国庆加班哪儿来的长假？

他是个反扒警察，公交站台就是他的阵地，公交车就是他的战场。每天早上，他六点钟出门，走到公交站台。盯着那些一窝蜂挤公交的上班族，观察着某些人的不轨行为。在等公交车的空档，乘客会在路边摊贩那里买个煎饼果子、鸡蛋灌饼或是几个包子、一轱辘烤红薯当早餐。而他不能，因为他不能扔下手里的吃食再去抓贼。贼的反应很快，偷了东西会立即转移给别的同伙，反应慢半拍的话，抓不到证据。所以他只能饿着肚子，目送着一波又一波的人流被公交车“疏散分流”。

上下班高峰期，他就在站台上活动，高峰期一过，他就坐着公交车满城游荡。

在公交车上，他无暇浏览窗外的风景，他需要始终对车内的情况保持警惕。他通常站在或坐在能够统揽全局的位置，监视那些不轨的窃贼。

国庆节到了，长假到了。满大街飘扬的是五星红旗，满大街涌动的是人流。他想到肩上的使命，他感到骄傲和自豪；可他看到那满大街的人，洋溢着笑容，洋溢着欢乐，他又有无限的落寞，他连一个普通人都不如，无法享受他们那种节日的欢乐。

夜晚 11 点，他再次踏上 962 路公交车，这是他一天当中最后坐的一趟车，这趟车会经过他所在的小区，然后驶向公交公司的停车场。他和每一位车长都相熟，末班车上没几个人，他也就和车长寒暄几句，聊一聊一天的见闻。

下车的时候，他照例祝车长一路平安到家。车长告诉他，新区在搞国庆焰火晚会，12 点结束，要增加车次疏散游客。

他一愣，原来这个国庆节，不仅仅只有他不放假，而是有千千万万的劳动者都不能放假，正是由于他们的不放假，才能令更多的人开心愉快地度过这个假期。而自己只是个微不足道的社会参与者和建设者，有什么牢骚和抱怨呢？

师傅，我陪你一起过去看看！他对车长说。

此刻，远处夜空闪烁，一颗巨大的烟花冲天而起，绚烂绽放。

举报人

阿松摇摇头：“你们还是把我拘留了吧！”

我一愣，阿松耷拉着头解释：“过年的本儿都输完了，没脸见媳妇。”

我和阿松站在一座老旧的土坯房窗外，其他人散布在外围。

阿松并不叫阿松，没有哪个举报人会使用真实姓名。

这是大年二十九，到处沉浸在祥和安乐的气氛之中，报警电话难得的安静。所长吩咐刘叔下午就开始焖羊肉，天一抹黑大家就围着酒精炉子吃起了涮菜。

阿松举报有人聚众赌博，而且在电话中威胁道："我在旁边盯着呢，你们不来，我就不走！"

我找到阿松的时候，他吓了一大跳。我没有点破他的身份，递给他一根烟，安慰道："大过年聚众赌博真可恨，老百姓打工回来，带着一年的辛苦钱，被这些坐庄开场子的三两下就给捣鼓没了。像你这种充满正义感的举报人，我们警方是有奖励的。"

阿松穿着黑灰色的棉袄，袄袖磨破了，露着棉絮。他抽着烟，听着我说话直点头，灰白的胡子随着下巴上下抖着。随后，他把烟灭了，蹲在警车前头，就着车灯画地形图。屋里头怎么布置，几个门，大概有多少人，哪几个村的，说得一清二楚。阿松说房子是老房子，平时没有人住，盖在撂天野地，一旦炸窝人到处跑，不好抓，所以不能惊动，人慢慢靠过来围住。

阿松讲这些的时候，简直像是艾森豪威尔将军在布置诺曼底登陆，神气十足。

等阿松讲完，我提出建议：想要不惊动里头的人，又完全掌握里头的情况，就得有咱们自己人进去，里应外合，把他们包了饺子。

阿松自告奋勇：这个活儿我来干，到时候你们假装把我也抓走，别穿帮了。

放心吧！这些年没去当演员都屈才了。我给阿松打包票。

阿松进去不到五分钟，我们就冲了进去，半分钟控制住整个现场，逐人拍照登记，迅速带离。收缴的赌具很简单，就是一只黄瓷大碗，罩两枚一元硬币。

回到派出所，阿松突然回过了神，像耗子进了猫窝，再没有了之前的神气。没等问他，他就竹筒倒豆子般交代了：两枚硬币，猜反正论输赢，一次一押，不一会儿，几千块钱就输干了。

询问笔录记到结尾，阿松问我："我输的钱还能退给我吗？"

我答："不能，赌博的赃款是要收缴的。"阿松的眼神黯淡了。我补充说："不过你举报有功，按照法律规定，可以不拘留你。”

阿松摇摇头：“你们还是把我拘留了吧！”

我一愣，阿松耷拉着头解释：“过年的本儿都输完了，没脸见媳妇。”

第三辑 成长篇

一名警察，从穿上警服那天起，他的一生注定要历经磨难和危险、平庸和孤寂；不仅要学会忍耐，也要学会担当。一名警察的成长，像一个铸剑的过程，淬火锤炼，涅槃而生。请保持足够的耐心，如果觉得他不够好，是因为他还没有打磨成成熟的模样。

一对警察父子的短消息

一对警察父子的传承，两代警魂的写照，他的成长父亲不能参与，但父亲的伟岸在他心中。

从我 14 岁起，我和您之间的距离便越来越远。别人把原因归结为“叛逆期反应”，而在我看来，是因为您当了领导，摆起了架子。

18 岁，我去读警校。您让我一个人到学校报到。当我看到别的孩子都是家长陪同，带着大包小包到学校的时候，我就在想您在哪儿。我拿出手机编了一条短消息，因为字数限制，几经删减。您给我的回复只有 4 个字：注意安全。

21 岁，我从警校顺利毕业，一个人扛着大包小包回到了家。之前您答应来接我，可是我等到宿舍的同学都走完了，还没有见到您的人影。我克制着自己的情绪，发短信告诉您说我自己回家了。您给我回复：知道了。

22 岁，我在家中埋头复习一个月，每天熬到凌晨 3 点，早晨 7 点又爬起来读书。经历了最疯狂的一段备战后，我踌躇满志地到异地参加招警考试。在摇晃的大巴车上，我按捺着紧张和兴奋告诉您：我出发去考试了。您回复：沉住气。

24 岁，我参与侦破了第一起命案。我和年迈的法医取出死者的肺叶，装进一个密封的小红桶。我提着那个小红桶到500公里以外的某大学实验室去做鉴定。我在车上给您发信息说我去送检，您给我回复：好。

26 岁，我因为参与侦破一起生产销售假药大案，在案件侦破中发挥重要作用，被授予个人三等功。我难掩激动之情，给您发短消息报喜。您给我回复：继续努力。

妈妈问我，为什么总爱给您发信息而不打电话。这还需要问吗？哪一次打电话过去，回复的不是“在开会”“在执勤”“这会儿有事儿”？哪一次不是您口口声声说等会儿给我回过来，基本上就再无回音了？我只能选择发短信息给您，这样您可以在闲暇的时候翻看一眼，而不是在电话里敷衍我。我不求您做一名参与者，起码做一名旁观者，在我委屈受伤时可以嘘寒问暖，在我意志消沉时可以摇旗呐喊。然而，哪一次您的短消息不是简单的冰冷的无关痛痒的几个字？

是的，我知道我所有的付出和所有的收获，在您的眼中都微不足道。或许我这辈子都超越不了您，既做不到您的职位，也立不了您那样的功。但是，我同样在尽我最大的努力做到最好，因为我想让您有一天为我而骄傲。

生活工作中，有时天晴有时下雨，我会遭遇挫折失败，我也会抱怨愤懑。我会在案发现场守着尸体三天三夜，我也会在追逃路上一个月辗转千里。每每我想要把这些发短消息告诉您的时候，我就会联想到您看见手机提醒的新消息，随手点开瞥上一眼就扔在办公桌的情景，也仿佛看到您读短消息时一脸的不屑和不耐烦。我知道，您的不屑源于我所经历的一切您都经历过，您的不耐烦源于我的叫苦叫累叫委屈，但是，这是一个男人必经的成长过程，不是吗？

没错，我和您处于一个不同的时代。您那个时代，治安形势严峻。那起绑架爆炸案，炸药在离您 10 米开外的地方炸响，那起入室持枪抢劫案，子弹擦着您的头皮飞过。您知道吗？这些事情都是母亲告诉我的，是日日夜夜担惊受怕的母亲偷偷告诉我的。当年，母亲从来没有干涉过您的工作，现在，她用您曾经的经历来教我，要独立，要坚强。是的，因为我是警察的儿子，我必须学会在没有父亲的环境下成长，必须学会在没有伴飞的天空里翱翔！

如今，您再次走上第一线。只是，这一次，我想告诉您，我将和您一起并肩战斗，我希望您能真正看到我的成长。

其实，很想再给您发一条短消息：爸爸，您的儿子长大了。

又见钱坤

月中天，酒半酣，故交旧友，向来川陕。老骥伏枥犹未解甲，巴山夜话相照肝胆。八仙桌，酒斟满，莫笑君醉，几难欢颜。落花时节又缘重逢，沙场点点秋风堂前。

接到出差命令，将会在苏州转车，我内心欣喜若狂。但是一直保持克制，直到踏上火车，才拨通了钱坤的电话，将这一好消息告知她。自从钱坤到苏州铁路公安工作以后，我多次接到她的盛邀，但种种原因未能成行。内心窃以为，天下公安，行遍天下，自有不期而遇的一天。可不曾想，这一面居然等了六年。

在列车上，不禁忆起往事。我们和钱坤是铁道警察学院的校友，在校时共事于学校的《警苑》报社，我们几乎每天中午都到报社编辑部做报纸，遇到整理内务、训练、备勤以及自习课，更是不约而同地跑到编辑部，排版、校稿以逃避或打发这劳累又无聊的日子。

我们在一起的时间甚至比同班的同学还要多。钱坤会让我不自觉地联想到机器猫里的大雄，圆脸蛋，圆眼镜，圆头皮鞋。粉嫩的圆脸蛋，笑起来样子很好看，只是不能乱开玩笑，不然她的脸蛋会变得通红。圆眼镜是知识分子特有的儒雅，民国风里的爱国女青年。当然，圆头皮鞋是我们的警用制式皮鞋，齐步走时会发出有节奏的嗒嗒声。钱坤喜欢双手插在口袋里，无论说话、走路还是开会的时候。

从列车上下来，我再次拨通钱坤的电话。她说在值班，要我到南广场售票处。这一小段路走得好漫长——和一位老友重逢，和这样一位一直称我老范的女孩再见，感慨万千。

钱坤一点都没有改变，还是那时的笑容，还是那时的体形，还是那时的口音。她手插口袋，黑皮鞋嗒嗒地逆着出站的人流向我走来。她冲我招手，旋即又将手插入口袋。我们只是简单地聊了几句，而后便挥手作别。

安顿好住宿之后，我又同钱坤联系。问她去值班室方便不，她说不合适，发了命案，正在忙碌。我想为她送份宵夜，她拒绝了，说应该请我吃饭的。其实谁请谁并不重要，我只是想为她做些什么。钱坤说不方便，太忙，来也顾不上说话。如果可以，第二天早上下班来找我。我不无遗憾地答应。但我明白，这场重逢已经结束——因为第二天一大早，我就得动身赶路。

我特别理解她，像我们这种身份的人，朋友不是我们自己的，时间不是我们自己的，自己也不是自己的，从宣誓成为人民警察那一天起，我们的一切就已经交给了国家。

睡在姑苏城里的这个晚上，巴州冯俊平通过微信发照片直播他和陕西连新民的聚会，文友赋诗助其下酒。我也强凑一段：月中天，酒半酣，故交旧友，向来川陕。老骥伏枥犹未解甲，巴山夜话相照肝胆。八仙桌，酒斟满，莫笑君醉，几难欢颜。落花时节又缘重逢，沙场点点秋风堂前。

我是羡慕他们的，他们可以有坐下来把酒言欢的机会。

当我三日里四渡长江奔波六个城市，再次回到我的办公室时，看着窗外茫茫的夜色，听着沙沙作响的秋风，不禁又忆起秋日里铁警校园里漫天飞舞的梧桐树叶。而那铺满金色梧桐树叶的路上，钱坤手插口袋，黑色的皮鞋嗒嗒作响。那声响，在心里，在梦里。

重　名

这十年里，他不再去在意他的名字，而是埋头工作，努力成为一名优秀的警察，不给这个名字抹黑。

“徐海涛！”政委在队伍前面拿着花名册点名。新年刚过，全局便进行集体早操训练，要求全员参加，无故不到者给予纪律处分。政委铆足了劲儿打算抓个典型发挥点警示作用。

“到！”队伍里发出两个声音，一个高亢洪亮，一个短促有力。

政委眉头一皱，把目光从手中的花名册上移开，扫视队伍之后，严肃地说：“有些同志不要太过于热心！”

“徐海涛！”政委盯着队伍。

“到！”两个声音里有些意外和迟疑。

于是，重名的两个人认识了，他们眼睛的余光穿过一张一张侧脸，隐隐约约碰触在一起。意外的是，在训练结束队伍解散时，他们却没有刻意找寻对方。

重名的两个人穿着同样的制服，做的却是几乎不搭界的工作。由于重名的关系，他们尽量不掺搅于彼此的工作领域，刻意保持着一定的距离。

声音高亢的徐海涛刚入警没多久，在刑警队工作。每天不是风餐露宿蹲点抓人，就是辗转千里勇擒顽凶。他办起案来雷厉风行，一个报警电话，一条案件线索，都能立刻牢牢抓住他的心；哪怕熬夜三天三夜刚合上眼睛，他也能立刻从床上弹起来迅速投入战斗。

而另一个徐海涛已经五十岁，在控申科工作。每天的工作就是接待信访群众，受理转交信访案件。他是温吞吞的慢性子，群众心急火燎，纵是跳起来指着鼻子骂，他都不紧不慢。一杯水，几句贴心话，就能让信访人的怒火消弭于无形。

新警对重名的事情很敏感。公安队伍是一个荣誉高于一切的队伍，每个人都希望和自己名字相关的是掌声鲜花立功受奖，而不希望自己名字受到通报批评纪律处分。在这种情况下，他对自己的名字特别在意，由名字带来的苦恼也令他不胜其扰。

当局网页上挂出晋衔培训的通知时，新警迅速整理好行装，精神抖擞地赶到集合地点，却被政治处的同志告知参训的不是他。遇到同事时，都会问：你不是培训去了吗？于是，他就一遍遍地解释。对方恍然大悟，他捶胸发泄。

当局网页挂出个人三等功公示的时候，同事们纷纷祝贺，要新警请客吃饭，他红着脸支支吾吾解释立功的不是自己。同事们善意的玩笑，令他窘迫、难堪、惭愧、烦恼。他常想，如果没有另外一个徐海涛，自己工作和生活会平静很多，不会成为众人关注的焦点，更不会令他疲于应对，压力巨大。

他决心改变这种现状，便到政治处反映情况。于是，在以后的通知里，两个徐海涛，其中一个名字后面标注了“大”，另外一个标注了“小”。这么一来，两个人是区分开来了。但大家每次叫他的名字时，都会直接在前面加上一个“小”字。小徐海涛，小徐海涛，这名字听起来就别扭。

新警再次到政治处反映情况，政治处主任意味深长地看了他一眼。于是，在以后的通知里，徐海涛这个名字后面标注了部门，一个是徐海涛(控申科)，一个是徐海涛(刑警队)。

有一次，政治处主任跟他说：“你觉得别人给你带来了困扰，你却意识不到你同样给别人带来了困扰。

控申科的徐海涛从来没有提过意见，相反，人家还不断地立功受奖，让这个名字上有了更多光环。你那么在意这个名字，你又为这个名字做过什么？”

他点了点头，想明白了。

光阴荏苒，十年就那么过去了。这十年里，他不再去在意他的名字，而是埋头工作，努力成为一名优秀的警察，不给这个名字抹黑。掌声鲜花立功受奖升迁，他不断达到了新的高度。

终于有一天，集合的队伍里只剩下了一个声音。控申科的徐海涛光荣退休了。他提着果篮带着感激之情上门拜访控申科的徐海涛。相见无须多言，只是那么相视一笑，便一切尽在不言之中。

是的，不必说，他们都没有辱没这个共同的名字。

为了忘却的纪念

当你对规则不屑一顾，为挑战规则的行为自鸣得意的时候，你是否想过，有一些人，因为你的不守规则而丧失了生命？

2015 年 3 月 11 日 22 时 37 分。

一名叫茆盛泉的依法履责忠于职守的警察，倒在了自己的工作岗位上。他的生命，连同他用鲜血换来的警示和教训，在流逝的岁月中如同烟花一样早已消散。记得在庭审后，当记者采访肇事司机时，司机称非常非常后悔。然而他后悔的不是他不遵守交通规则不听从交警指挥，而是后悔自己这一天开车出门，要是待在家里睡觉该多好！这算是哪门子的悔过？我为茆盛泉的死叫屈，也为他死得“不值”而遗憾。

2004 年 4 月 14 日，任长霞从郑州开会返回途中遭遇车祸因公殉职。那时的我在读高中，为了参加她的追悼会，我偷偷溜出学校。当我参加完追悼会回到学校的时候，被副校长逮了个正着，罚我在校门口足足站了四个小时。他拉了一张藤椅坐在我对面，而我就那么傲娇地和他对视着。因为我觉得自己的行为代表着正义和真理。是的，虽然我明知违反校纪旷课参加追悼会是错误的行为，却对学校满是批判，认为学校没有人性。

这是一个个性张扬的时代，我们已经习惯了为自己代言，习惯了保持个性，习惯了证明自己是对的。同事将肇事司机称作“任性哥”。他作为一名交通参与者，对自己不负责，对其他司机不负责，对行人不负责，对自己的家庭不负责，对别人的家庭不负责，对社会不负责。

记得副校长放我离开的时候，语重心长地对我说："悼念的形式有很多，凑热闹参加追悼会并不能说明你就比别人的哀思更多更浓。如果你有心，你就该把心思用在学习上，将来考上警校，当了警察，继承她的遗志。"十年过去了，我不禁感谢那名副校长对我的教诲，他教会我遵守规则。罚站，分明是一种爱和保护。

如今，我们身边还有许多像茆盛泉、副校长那样的人在执着地教我们守规则。当你对规则不屑一顾，为挑战规则的行为自鸣得意的时候，你是否想过，有一些人，因为你的不守规则而丧失了生命？而这些人，有的是受规则保护的人，还有的，是保护规则的人。

生活不止眼前的苟且

曾经走过的那座横跨在小溪上的石拱桥不见了，曾经等待下课、放学的时光远去了，曾经流连忘返的小城在高架桥上一闪而过了。

这世界上存在两种人，一种安于现状，日子过得风轻云淡，如同温开水一般；另一种始终在追逐目标，超越自己。

那么，你属于哪一种人？

警察是一份相对稳定的工作。两个人同时从警校毕业，又到同一个公安局参加工作。一个人按部就班，日复日，年复年，青丝熬成白发，在平凡的岁月里耗尽光阴。另一个人在办案的同时，研究发案规律，研判警情特点，而后总结技战法，而后对法条的适用问题进行研究，再后来参与新刑诉法修正案的讨论，再后来对某种高发性犯罪进行专题调研，再后来参与发起某项全国性的专项行动，再后来为业务部门的某项工作建章立制，再后来出访国外，通过中西方比较论证，对中国公安改革做出自己的贡献。

两种人生，你想选择哪种？

我欣赏后一种人，也会选择后者的人生。我当然知道这种人生，充满了不稳定，需要付出极大的努力，其间的坎坷和磨难，会让人退缩、困惑、疲惫。而且，走这条路成功的人会很少，多数人如此拼命，可能并不能走得那么远，做得那么好。但我愿意选择这么一条路，因为这种充满挑战的状态也是美妙的。试想，每一天醒来，都是新的一个开始，这样的开始带来的又是多么精彩的经历。

人生最宝贵的就是经历，生命因经历而精彩。最开始的时候，我们就像一只守在枯井里仰望井口的青蛙。通过不断地努力，我们的眼界不断开阔，我们脚下的路不断延展。我们跳出了枯井，站在大地上，站在高楼上，而后登上山峦，攀上峰极。或许你会说，我们等不到攀上峰极的那一刻。但这重要吗？不重要。因为我们已经看到了从井口看不到的日落月升风起云涌。

曾经走过的那座横跨在小溪上的石拱桥不见了，曾经等待下课、等待放学的时光远去了，曾经流连忘返的小城在高架桥上一闪而过了。这就是成长。过去的漫长岁月，成了一段回忆。

是的，这些道理我们都懂，但我们在现实里迷失了碰壁了，我们会出于自我保护而寻找稳定的所在。可是这世间没有一成不变的东西，如果不做好准备，就会在变革来临的时候变得不知所措。所以，我们不该只是停留原地，重复过去的风景，我们足下的土地，应该留给来人，而我们，终该去探寻未知的世界。

许巍的歌是这么唱的：生活不只眼前的苟且，还有诗和远方的田野，你赤手空拳来到人世间，为找到那片海不顾一切。努力奔跑起来吧，请相信，许多美景，只有在你到达了，才会知道和当初坐在井底幻想的天空不一样！

那个玩奶骑的警察

人生如游戏，游戏亦如人生，个人的能力只有在团队的协作下才能得到最大限度发挥！

在现实生活里我是一名警察。

在魔兽世界里我是一名奶骑。

现实里，我的工作就是办案，从接处警到立案侦查，再到抓捕、讯问、拘留、逮捕，最终移送起诉。

网络里，我的工作就是下副本，主要任务就是给坦克刷血，通过巨大的治疗量使他能够坚强不屈地顶住BOSS的各种击打，最终使得队友们可以成功干掉

BOSS。

一直以来我觉得我应该做一名DPS，也就是打手，对比游戏职业，只有打手才和警察的身份相配。如果不能亲自锄强扶弱惩恶扬善，那有什么意思呢？

就像我们队长说的，如果一个警察没有做过侦查员，没有办过几起像样的案件，那他算什么警察呢？

奶骑总是穿着板甲站在人群中，顶着小怪的万刃加身，却从不还手，只是不停地给坦克加血，以确保坦克能够生存到最后。这是奶骑的角色定位。

这就像我们警队里那些提供情报支撑的技术人员，那些做基础工作的社区民警，那些对外宣传、组织训练的政工民警，那些供给装备保障的后勤民警。他们的职业定位使得人们的焦点永远不可能放在他们身上。

奶骑永远不可能星光闪耀，即使这种配角是不可或缺的。称职的奶骑玩家必须全程保证坦克的血量使其不倒。在25人团队副本里，可以死掉DPS，挂掉群刷治疗，但坦克不能倒。

警察这个群体和魔兽团队一样，不需要英雄，需要每个人在自己的岗位上履行好自己的职责。

那些年，从燃烧的远征开始，到巫妖王之怒、大灾变和熊猫人之谜，在无数的副本中，我一直是一名勤恳的奶骑。我不再羡慕那些打出上万伤害值的DPS，也不再羡慕总可以在第一时间分到装备的坦克，因为我明白，那都是团队整体发展的需要。而我，作为一名奶骑，发挥好自己的作用，确保坦克不倒，就是我存在的意义。

这些年，我也办过了许多案件，诈骗、盗窃、杀人、抢劫等，作为一名侦查员，我也屡屡获得奖励。在成长的过程中，我不再如从前那般傲娇。这是一个集体，个人的能力不该被无限放大、过分夸大。

感谢魔兽世界教给我的一切。它教会我什么是团队，什么叫奉献，更重要的是让我学会了思考。

面试与爱情

他说：我们这些面试官啊，早就过了用嘴说爱情，用耳朵听爱情的时代了……

老同学一进包房，他立刻拘谨地站起来，同时用目光向若无其事的儿子示意。

没等他开口，同学已经三步并作两步走到了他的跟前，上来一个大大的拥抱。这个拥抱令他的喉头都有些哽咽，他们之间的距离似乎一下子又拉近回到了同窗读书那会儿。

前一天晚上妻子还在客厅里埋怨他平时不知道和老同学走动，等用得着人家的时候一切都晚了。其实他也明白这道理，但他不擅长交际，更不注重去维护复杂的人际关系，一个刑侦大队的副大队长，长年扎在案子里，也没有什么机会去攀扯。但出乎意料的是，同学居然应邀来了，而且是在警察招录考试面试环节的节骨眼上来了。

同学是人事处的副处长，主管着全省的警察招录考试面试工作。炙手可热的角色，完全可以想象，在面试这个环节，得有多少大人物求着各种门路找到他走后门开绿灯。事实也能证明，单是点菜的工夫，同学的手机就已经响了三拨。但手机就摆在饭桌上，同学摁了静音没接。他恨不得将眼前那瓶宋河满瓶子干了来表达自己内心的感动。

简单地吃过饭菜，他终于表明了来意：儿子很争气，在招警考试中入围面试了，能不能给点照顾？他声如蚊呐，说完脸颊飞红。

同学意味深长地看了他一眼，他还想说的话噎在了喉头。

同学转而笑着问儿子："小家伙，想做警察啊？"

儿子点点头。

"那我问问你，你为什么要报考警察？这可是一道必考的面试题，在我十几年的面试考试里，每一年就算不是直接考原题，也和这个问题有联系。"同学的话立刻让包房的气氛凝重了，傻子都明白同学这问话意味着什么。

儿子从容作答："我报考警察出于三方面的考虑。首先，成为一名光荣的人民警察是我的理想，我一直为实现这个理想而默默努力着，我希望通过我的努力，能够实现我的追求。其次，警察属于公务员的一种，职业相对稳定，我出于就业和生活的考虑，也希望能够从事这份安稳的工作。最后，人民警察为人民，做警察服务更多的人，为老百姓办实事，能够实现我的人生价值和社会价值，与我的择业标准一致。"

听到儿子的回答，父亲长出一口气，眼里的儿子似乎长大了几分。

“回答得很流利，也很有条理。”同学笑着点评，旋即话锋一转，“但这个答案不能拿高分。”

“为啥？”他急忙替儿子问。

同学看着迷惑不解的他们，解释道：“这种答案一听就不是自己的心里话，而是在面试培训班中培训而来的。模板化的答案拿不了高分，不具备核心的竞争力。”

同学的话一针见血，他的心沉了下去。

“小伙子谈恋爱了没有？”同学似乎问了一个题外话。

“先立业再成家，工作都八字没一撇，哪有那心思。”他抢在儿子前头回答。

“老丁，现在的孩子可都鬼得很，你可以说不知道，可不能说没有。”同学看着一旁偷笑的儿子说，“跟叔叔说说，你为什么和你女朋友谈恋爱？”

儿子想了老大一会儿，居然说不上个所以然。

“因为她长得漂亮？因为她家里有钱？我想不是吧？周星驰怎么说的？爱一个人需要理由吗？需要吗？”

同学一连抛出来几个问题，儿子差点笑出声来。

“这就对了！这报考警察和谈恋爱是一回事，你想报考警察，就是因为热爱，这还需要什么理由吗？”同学点拨着。

“我再问你，警察工作压力大、时刻充满了危险，你怎么看？”

儿子立刻正襟危坐，进入答题模式：“压力大、时刻面对危险是警察这个职业的特性。因为身为人民警察，我们的职责就是维护社会治安，保障人民群众的生命财产安全。如果我光荣地成了一名人民警察，我想这些压力和风险对于我来说根本不是问题。首先，因为我对警察这职业很了解，有着充分的心理准备；其次，我是警校毕业生，专业对口，可以保证我具备足够的抗压能力和应对危险的能力；再次，我进入单位以后，会积极地提高自己，多向经验丰富的老同志请教，迅速熟悉工作环境、掌握业务技能，以保障自己在面对压力和危险的时候更好地应对。”

“老毛病！自己的心里话呢？”

同学的批评让他的心凉了，他看向儿子，儿子居然也低下了头，还说准备得很充分了，骄兵必败啊！还好老同学这个权威提前给把了把关，他又有了些庆幸。

“如果你的女朋友爱耍小脾气、喜欢乱花钱怎么办？”面对沉默不语的儿子，同学拊掌提醒，“爱她就要接受她的一切啊，爱她就要包容她的一切啊。警察工作有压力、有危险，但也有很多好的方面啊，比如侦破复杂案件后那种成功的喜悦，抓获犯罪嫌疑人时的成就感。选择它，就选择了它的一切嘛！”

他心事重重地起身告辞，回去还得督促儿子临阵磨枪。

同学拍拍他的肩膀说：“压力别太大，侄子的面试一定会顺利通过！”

他一把抓住同学的手，嘴哆嗦着，真心不知道该说什么好了。

同学笑着解释：“面试，答题的内容只能作为参考，考官多数是警察，眼神犀利着呢！谁更适合做警察，单从人的面相、气质就能看出个八八九九。侄子大大方方、不卑不亢，继承了你的优秀基因，任谁看了都会相中。你就放心吧！我们这些面试官啊，早就过了用嘴说爱情，用耳朵听爱情的时代了……”

这些年，你到底丢失了什么？

时光一直往前延展，而你却像那故事里的猴子，就那么一直丢了捡，捡了丢，最后发现，原来你丢了自己。

勘查完一个命案现场，你把所有的技术设备放回储存室后，孤独地坐在办公室里，对着电脑屏幕发呆。你没有在身上找到烟，于是把办公室所有的抽屉一一拉开翻找到底找到了半截烟头，然后你又在身上摸索打火机。晚饭时间早就过去了，你的手机没有一点动静。二十多年前，你放了学，就在小区门口疯玩。你妈在阳台上一遍又一遍地喊你，你一遍又一遍地回应着——马上就回！什么时候把那些催你吃饭的亲人丢掉了？

你打完一份报告呈给领导审批。领导圈了几个圈、点了几个点、加了好几段，你不记得这是第几遍修改了。你的电脑里存满了各种各样的文档：报表、协查、台账、档案、记录。你感慨自己生活在文山会海当中，你恨不得有一天电脑突然黑掉无法启动，你又清楚真有那么一天倒霉的还是自己。十多年前，你买精美的信纸，漂亮的信封，用纯蓝的墨水给她写情书，一封又一封，写到手酸手麻，却始终热情洋溢。什么时候，你的爱情丢掉了？

你坐在犯罪嫌疑人的对面，他时而勾着头思考，时而仰着脸回忆。你通过执法记录仪的小屏幕静静地观察他，解读他的那些身体语言，那些身体语言告诉你他在说谎。当然他也会笑会哭，会慷慨激昂，会痛哭流涕。你的鼻子里发出轻哼，就那么始终微笑着，看他淋漓尽致地表演。十多年前，你相信煤是黑的面是白的，你相信这世界上始终有单纯的美好。什么时候，你的信任丢掉了？

你提前到达预定好的包房，布置好餐具，安排好酒水，按照标准点好饭菜。客人来了，你安排好座次，和他们谈笑风生。一道道美味佳肴摆上桌面，服务员一一介绍着本地的特色。你面上郑重推荐着，背地里整个胃都在翻腾：每一道菜你都品尝到了要吐的程度，却偏偏像第一次吃那么感兴趣。席间推杯换盏皆大欢喜，你红光满面，早把那重度脂肪肝的报告抛之脑后。

十多年前，夜晚巡逻的时候，“盛大账表文具店”门口，那个花白了头发的大妈，拿着大马瓢往大铁锅里添水，纯黑色的红薯面条，几缕青菜，热气腾腾的面汤，糊嘴的芝麻酱，点一点小磨油，放一点辣椒酱。什么时候，你的美味丢掉了？

你喜欢把话放在心里，默默地看，笑而不语。平静地过每一天，把应该做的工作做好，波澜不惊的样子。有了案件你就办，没了案件你就坐着看网络训练学院的视频，或是写群众路线教育活动的笔记。你看着那些人忙前忙后跑来跑去，你不干涉不过问。有人写了稿件发表在报纸上，有人篮球赛拿了名次。你觉得那是穷折腾，做的是无用功。十多年前，你活跃在一线，彻夜不睡觉，钻研业务技能，学习法律知识，练习公务员日常英语，练习五笔打字，你是个上进的小青年，你并不在意做那些是否与提拔奖励有关。什么时候，你的进取丢掉了？

是啊，你像那故事里的猴子，就那么一直丢了捡，捡了丢，最后发现，原来你丢了自己。

领　导

一旦选了这条路，就只有一路累下去，想要舒服，要么等退休，要么等死。

这是一座十六层的办公大楼，他在第七层楼办公室，独立的办公室。

年轻时的他，对这样的办公室充满了无限向往。他不是一个甘于平凡的人，当然，他对于不平凡的理解，就是可以坐在这样的地方办公。多年以后，在付出了无数艰辛之后，他实现了梦想。

他穿着白色的衬衫，一尘不染，那是高级警官的标志。他已经习惯下属们敬畏的眼神，而他也有了不怒自威的气场，他的讲话掷地有声，他的批示意义非常。对于别人来说，他不是他自己，他是领导，是手握着人事权和财政权的领导。

年轻时的他，埋头苦干兢兢业业，他盼着有一天做了领导，能够终止跑堂的生活，舒舒服服地把整个身子陷进柔软的真皮沙发里，一边翻看报纸，一边喝着上好的信阳毛尖。年轻时的他，抱怨不公，埋怨上级不体恤下属，他盼着有一天做了领导，各级单位令行禁止、从优待警再不是一纸空谈。

如今，他的茶经常顾不上喝，报纸也只是偶尔浏览，他没有一刻能够安安静静坐在沙发上，也没有一个可以随意而发的命令。各种会议需要他参加，各种报告需要他批示，各种事务需要他协调，各个大案需要他指导。还有那些突发事件，更是令他防不胜防。职务越高，责任越大，他连苦笑都笑不出来。

一天的会议结束，刚回到办公室，秘书抱来一摞报告。他一份一份看过去，一个名字一个名字签上去。签到边控对象通知书的时候，他皱皱眉头——那厚厚的一沓足足有三十份，一份边控表的背后就意味一起案件，对每个人采取边控措施，都要慎而又慎。他想起他当初呈报各种报告时领导的神情，与如今他的神情也没什么两样吧！

签到第十五份的时候，他拨通了总队长房间的电话，总队长又拨通支队长的电话，支队长又拨通给大队长，就一个问题：是否可以控制一下边控的人数，不必要采取的是否可以不采取。

答案是不行，已经努力压缩人数了，但是不采取边控一旦嫌疑人外逃到境外，谁也承担不起责任。这答案一路又传递到他办公室。他叹口气，放下手中正在修改的讲话稿，从桌头又将边控对象通知书拿起，摇摇头，慎重地看起来。

窗外已是万家灯火初歇，他揉着腰，呷一口凉茶。他怀念在办公楼里穿梭的日子，怀念下了班步行走回家的日子，怀念和同事撸着烤串侃着大山的日子，怀念亲手擒获杀人犯的日子。那些日子里没有人骂他脑满肠肥、忘恩负义。

“忙了一天了，领导怎么不坐着歇歇？”秘书推开门来报告紧急情况。

他看了一眼身后柔软的沙发，无奈地说：“领导更需要站着。”

规 矩

过去的那些规矩，无论合理与否，终归只能属于他的时代。

作为一名农村派出所所长，这几年他相当郁闷。

郁闷的原因是缺人。公安局年年招新，却总分不到他的所里。

政策说得好，向一线基层倾斜，可这政策怎么就不能向他的派出所倾斜倾斜？

说到底，年轻人拈轻怕重，怕苦怕累怕远。自己上班那些年可不是这样的，那时候的新人，一律先到派出所锻炼，然后才能调到县里。

那时候交通可不便利，没有柏油马路，也没有汽车，在派出所上班，吃住都在所里，一个月回一次家，真真切切是以所为家。如今，办公条件好了，交通便利了，却留不住人了。

各项工作不达标，局长在大会上点名批评他。他牢骚满腹，向所长要求增加警力。

又到了新警分配的时候，他死缠烂打软磨硬泡，终于抢到了个新警。一路疾驰回所里，仿佛生怕政治处半路改了主意。

到所里第一件事就是开迎新会，近十年没有见过新人了，大家的热情都很高。他暗暗交代指导员：要给任务，压担子，让新警迅速适应岗位，尽快投入到基层工作。

新警的问题很快就暴露出来了：不安分，不踏实。单位实行三班倒——一天主班 24 小时接处警，一天副班 24 小时待命，一天休息。副班的时候，他躲在宿舍不出来；休息的时候，回了城里。一旦有了突发事件，人手短缺，又办不成事儿了。

他把新警叫到办公室谈心。过去哪里还用得上谈心啊？安排什么做什么，谁也不会有半点情绪。

“怎么总躲在宿舍啊？”

“在宿舍看书啊。”

“看什么书呢？”

“无聊啊，就看看网络小说什么的。”

“休息的时候怎么老往城里跑啊？”

“女朋友在城里头啊。”

“让她过来看你，我请你们吃饭。”

“她不喜欢来乡下。”

这种对话让他气得抓狂。他上班这些年，换了几个地方，却一直待在乡下，媳妇孩子一年见不了几面，怎么熬过来的？单位这么忙，台账一大堆，维稳形势这么严峻，打架斗殴案件时有发生，怎么就没有点责任心呢？干警察，不就得牺牲个人利益吗？怎么可以这么自私呢？

年终的时候，所里推荐先进个人，他说出了自己的意见。

新警当即提出来："为什么不是我？"

对啊，为什么不是新警？因为凡事有个先来后到不是？他只能对新警说："你还年轻，机会多的是。"

新警愤愤不平："接处警我和大家一样做，案件我办的最多，网上办公系统录入都是我在做，信息数据是我在采集，我为什么不是先进？就因为我年轻？！"

他知道新警做了许多，但能者多劳。老警们电脑操作慢，有的甚至不会用，但不能把这些年来老警们的付出都给否定了啊。这些话他没法说出口，说出来会让矛盾更加激化。他很惊讶，惊讶新警敢在大会上顶嘴。在过去，他就是权威，说一不二。如今为什么会成这个样子？

政治处下通知了，要抽调新警到专案去。

他坚决不同意，哪有刚上班一年就抽调走的？他上班那些年，从户籍民警到外勤民警再到内勤民警，从副所长到指导员再到所长，这一熬就是二十年。想到城区上班，哪个不得熬上十个年头？现在政治处不讲规矩了吗？

政治处连一句解释都没有，只是下发了抽调工作的通知。通知就是命令，必须执行。

他想对新警做一次挽留，可最终他发现，说什么都无济于事。他明白新警有才能，本科学历，计算机专业，在县局，会有更大的施展空间。

他的目光落在眼前的水杯上，那是一只不锈钢保温杯，杯身的字早已磨花了。但他还记得上边是八个字，立警为公，执法为民。这杯子已经有了十多年的历史了，这八个字的口号也已经换了几番，是该到了换换杯子的时候了。

敬　畏

无论职位高低，凡事心存敬畏，脚下的路才会更长，眼前的天地才会更广阔。

他穿上制服那天，父亲把他叫到跟前。

两人穿着同样的制服，但他佩戴的是见习警员的警衔，而父亲佩戴的则是一级警督的警衔。他看得分明。

多年的言传身教，终于把儿子也变成为了这支队伍里的一员，父亲心里满是后继有人的欣慰感。

“你终于也干了这行，可以从一个与以往不同的角度看爸爸了。现在你怎么看？”父亲微笑着问。

儿子说：“没什么不同吧，在家您是家长，在单位您是领导，同样是发号施令，同样是绝对的权威，谁敢拂了您的意呢？”

父亲乐了：“照你这么说，我这个局长无所不能了？”

儿子耸耸肩：“难道不是吗？公安局里的事儿，还不是您说了算？不管是哪个民警，不都得听您的？”

父亲摇摇头。

儿子立即反驳：“我才不信呢！谁会不开眼去得罪领导啊？就连我这新兵都知道要敬着我们所长，何况是您这级别呢？！”

父亲正色说：“如果领导是错的呢？”

儿子答：“我们是纪律部队，下级服从上级，上级怎么安排，我们就怎么做。没有下错的口令，只有做错的动作。不听领导的，还想混吗？”

父亲有意启发儿子，给他上好从警的第一课。

“记得你读高中的时候，有一次我周末接你回家，车停得离你们校门很远，让你走了好远的路，你赌气没有坐车，好几天都没有理我。”

“小时候任性，只是想让您给我更多一点的照顾，所以才会赌气。”

“那天我本来是把车停在校门对面的非机动车道上的。”父亲回忆道，“结果过来一个交警，敲了我的车窗，让我赶紧开走，否则要撕罚单。当时我特别想亮出警察证来，端着副局长的架子狠狠批评他一顿。”

“撞枪口上了。”儿子补充道。

父亲摇摇头说：“当时我看着他坦然的神情，突然一句话都说不出来。我找不出批评他的理由。我心里油然而生的是敬畏，是对法律和规则的敬畏，任你级别如何，都必须遵守。”

儿子沉默。

“还有一次，我到市里开会，路过交河的卡口时，道路封锁了，两个协警说有安保任务，要求车辆绕行。我本来想打电话给交警大队长，或是亮明身份。我相信如你所说，没有哪个不开眼的会拦着我。但我最后绕行了。因为拦着我的，不是那两个普通的协警，而是制度和规则。任何人都要对这些看不见的制度和规则保持足够的敬畏。”

儿子点点头。

父亲起身拍拍他的肩膀："或许有一天，你会比我更有成就，但一个人走得越高，就越会对各种事物心存敬畏。这或许就是你过去从来没有意识到的爸爸的另一面。"

窗外的风景

我直面所有的压力，大口喘着气，努力活着。这种处境下，能看一眼窗外的风景已经成为一种奢侈。

独自坐在床上码字，想到了窗外的情景，所以不禁拟了这个标题。

写下这个标题时就想起了卞之琳的那首诗：

你站在桥上看风景/看风景的人在楼上看你/明月装饰了你的窗子/你装饰了别人的梦。

窗外的风景必然是引人入胜的，单是听窗外的声响就可以令人遐想无限。

此刻关了灯，窗外万籁俱寂。我工作的这座小城和郑州不一样，郑州这个时候还是灯火通明，而这座小城此时此刻已经开始沉睡。

窗外唯独不睡的是猫头鹰，不停地叫，像小孩的啼哭。以前对猫头鹰所知有限，只知道它是益鸟，夜里会捕田鼠。后来读金庸的《笑傲江湖》，里面有一则典故，是陆大有说的，猫头鹰夜里啼哭是在数病人的眉毛，一旦数清，病人就会死掉。就在我思绪飘飞时，窗外的猫头鹰突然一声惨叫，声音戛然而止，看起来是有人忍受不了它的聒噪朝它丢了砖头。

工作以后，很少去关心窗外的事情，因为窗子里的事情就够复杂、忙碌的了。学生时代的我会经常眺望窗外的风景，总是看得入神时，突然就会有老师的黑板擦砸过来。越是这样，我越想逃离束缚我的教室，去到窗外的世界。

目光越过窗子越过校园，校园外头是一条东西贯通的马路，马路对面是田野，绿油油的一片，一望无际。如今这种景色已经不复存在了，田野早已被林立的高楼所取代。

窗外面的确没有别的可以描述的风景了，偶尔飞过的成群的大雁就算是最好的景色，你可以看着它们自由翱翔。仅仅是这些风景，便使我的视线移不开窗外。窗内是令人头疼的几何函数抛物线，是 am is are，是主谓动宾定补，是唯物观和方法论。和这些枯燥的课业比起来，窗外的风景便非常诱人。

如今从教室走到窗外，从校园走入社会，才明白属于我的自由和空间被挤压得更加所剩无几。我顶着所有的压力，大口喘着气，努力活着。这种处境下，能看一眼窗外的风景已经成为一种奢侈。

110 接警员

她像一个电台 DJ，又像一个报社记者，实际上她只是个 110 接警员。

她的声音很好听，音色丰满透亮，具有很高的辨识度，做电台 DJ 是再合适不过的了。我读警校的时候，常常在夜里熄灯以后躲在被窝里偷偷听广播，我想如果她做 DJ，我一定会成为她的忠实粉丝。

当然，她也适合做一名报社记者。她总是喋喋不休问来问去——派警的时候问，处警的时候问，结束以后还要反馈回访。每次打电话过来，会喊着你单位的名字，说着商量的话，却带着不容拒绝的口气。活像在处警现场遇到的那些记者，仿佛拿在手中的话筒是上天赐予的权杖一般。

可惜她只是一名110接警员。她每天接听群众的报案、投诉，向各个派出所派警，一坐就是十几个小时。电话一直响个不停，她的辛苦，只有我们处警的民警才能感受到。

她在跟我讲电话时总是一种颐指气使的口气，但当她拿起电话接收群众的警情时，永远都是微笑着说："你好，110，请问有什么事？"脾气好得不得了。有时，会有群众劈头盖脸地责骂她："电话一直打不进去，纳税人的钱都用哪儿了，养了一帮闲人！"而她，纵有满腹委屈，也不敢发泄丝毫出来。所以，我理解她对我的颐指气使，那是一种情绪的转嫁，是在同一战线同志间信任基础上的一种发泄。

当然，作为处警民警，我也有情绪不稳定的时候。比如，接到她的派警后，我大老远赶到了现场，发现只是一起纠纷，或者警情压根不在我们辖区。我在处警反馈的时候就会义正辞严地把她凶得一句话都说不上来。

偶尔，我会搞点恶作剧戏弄她。凌晨两点，我处完警，回到值班室。约莫着她眯着了，我打电话过去，一本正经地作处警反馈："110啊，刚才凤凰路那个警情处理完了，跟你反馈一下……什么？刚才已经反馈过了？熬迷糊了，不好意思啊。"挂了电话，我偷着乐：她一定被搅和得睡意全无了。

我当然知道，这样繁重的工作压力，责任并不在她身上。但那种负面情绪滋长蔓延开的时候，就会对她的声音产生抗拒，就会将自己的不满发泄到她身上。

有一天晚上，恶作剧再次上演的时候，她没有揭穿我的把戏，而是轻轻地道了一声"辛苦了"。实在没想到她对我还会有这么温情的一面。

之后，她离开了110的岗位，或许是和我一样走上了接处警的工作岗位，或许当了户籍警，我终是不知道她的去处，也再没有听到那个动听的声音。

第四辑　工作篇

对于多数人来说，警察的工作内容是神秘的。其实他们做的，全是和老百姓息息相关的事情。它具有复杂性、艰巨性和危险性，这些特点意味着会有流血和牺牲。正因为如此，警察群体中英雄辈出，涌现出了一个又一个可歌可泣的人物。下面讲述的这些故事是警察工作中一个个侧面的呈现。

擦不去的标记

哪怕这个新名字之上附加了多少头衔称号，他始终无法改写自己的过去。那血淋淋的名字上，有个擦不去的标记——杀人犯。

透过二十七楼的落地窗向下望，楼下是一片开阔的广场。广场上行人如织，他们提着或大或小的行李，如蚂蚁搬家一样慌乱匆忙，他们都是在为生活而疲于奔命。

十六年前，他也是他们中的一员，迷茫彷徨……

如今他可以悠闲地站在这二十七层之上，点一支雪茄，推一推鼻梁之上的金丝眼镜，在缭绕的烟雾里俯视窗外的芸芸众生。十六年前的那个他仿佛从来都和他无关，他喜欢的，是如今的自己。

十六年前，他也像那些人一样如蝼蚁般，仓皇奔逃……

他的奔逃是为了删除过去，塑造一个全新的自己。

他做到了。

他脚下的这座大楼，从一层到六层，产权证上是他的名字。和这座大楼相隔一个广场的，是广州火车站。寸土寸金的地段啊！政协委员、五一劳动模范、义工协会副会长，他的名字被套上了各种的光环。

可是，这叫了十六年的名字，为何他还是感到那么地不习惯呢？

他总是无法抑制随着缭绕的烟雾蔓延开来的回忆，那些回忆总会提醒他想起曾经的另一个自己。他常常痛苦地深陷在大班台后的老板椅里。

这一刻他又坐在他的老板椅上，将烟头重重摁灭在烟灰缸里，一如摁灭他沮丧颓废的神情。他并没有起身，却笑容可掬地欢迎着两位不速之客。

听口音，这是两位来自北方的客人。这两人并没有做自我介绍，而是把各自的警官证放在了他面前的大班台上。

这些年对付这种例行检查，他早已经驾轻就熟。

他拨了内线电话做了一番安排，接着是从容地表达自己毫无来由的歉意，尽显主人的优雅。他说话时直视着两位警官，眼睛里是一眼便可洞穿的坦然，仿佛不设任何防线。

“两位警官，不知道你们今天来有什么吩咐？”他完全没有要面前的两个人回答的意思，而是接着说，“我这个人特别喜欢交朋友，特别是你们这样的朋友。你们是人民的保护神嘛，有你们在，我做生意就放心好多。我常常和这边的孙总队长、李支队长、张局长他们打交道，和他们都熟，晚上我做东，给你们引荐引荐。”

两人微微一笑，并没有接他的话茬，而是将一张黑白照片摆在大班台，牢牢盯着他的眼睛问：“这个人你见过吗？”

他推一推金丝眼镜，煞有介事地端详着这张一寸黑白照片。照片中是一个瘦骨嶙峋的年轻男子，颧骨和脸颊特别突出，带着桀骜不驯的神情。这一刻，他的心惊惧战栗。可是，经过十六年的江湖打拼，他早就学会了如何不动声色。

“这个人我当然不认识。”他同样没等对面的警察说话，而是接着说，“这个人……他犯了什么事吗？”不可否认，他的掩饰本领已经练就到了炉火纯青的境地。他居然像一个多嘴的长舌妇，迫不及待地要探听发生在邻居身上荒诞不经的故事。

两位警官对视了一眼。“也没什么，既然你不认识，也就没必要知道了。”

可是他怎么会不知道！他清楚地知道，照片上的这个男人是如何将一把利刃刺进了别人的心脏，鲜血淋漓。

“1996年3月11日这一天你在哪儿？在做什么？”警察问。

“时间都过去那么久了，谁还能记清这个呀！”他直截了当地说，脸上的笑堆成了一朵花。

“那一天发生了一件非常重要的事情，你仔细回忆一下。”两位警官带着毫不客气的语气提醒他。

他又点燃一支雪茄，慢条斯理地说：“不行，我记不住。我父母死得早，我中学没毕业就到码头当搬运工，最难的时候我一个人打三份儿工，然后一点点做大。最后生意做到现在这地步，有六层楼，三辆跑车，十几辆卡车，两艘船。从一无所有到现在的小有成就，我容易吗？成功是要付出代价的！代价就是在你大好的青春年华里，你必须像一台机器拼命工作，而不能去在意沿途的风景。”

他本来还可以再展开一点详细的论述，他的成功经验早就被他无数次地在各种场合分享过。这个版本的成功与他如今的身份非常匹配，他享受那些发生在他身上的“故事”。

可是在他大谈特谈自己的成功史时，在他过分渲染自己努力付出的过程时，他也分明记得：1996 年 3 月 11 日的早晨，在料峭的寒风里，赌了一夜牌的他怒气冲冲地返回家中，拎出一把剔骨尖刀，一刀扎在赌友的心脏上，拿回他输掉的 265 元钱，然后踏上南下的火车，人间蒸发。这是他避而不谈的版本，永远无法直视的过去。

十六年来，他想尽一切办法摆脱过去的自己，改名换姓，自修本科学历，练习书法，讲最本土最纯正的粤语。

“河南省信阳市淮滨县，你知道这个地方吗？”

“淮滨县我不清楚，信阳我倒是知道，出毛尖的地方。不过我不喝毛尖，我喜欢铁观音。泡一壶好茶，茶香也能醉人，醉了之后我就铺开宣纸，乱写一通。”他再次把话题引开，“你们看这墙上挂的，都是我写的，不成章法，见笑了。”

两位警官的目光停留在一副“上善若水”的落款上，问：“余总，你叫余聿玉？”

“哈哈，对，这就是我的名字，用你们北方话读起来有点绕口，可是用我们广东话讲来就没有问题了。你们叫不习惯，叫我余老板就行。”他笑得像尊弥勒佛一般，可他内心再清楚不过，“余聿玉”这个名字他只是用了十六年。

“余老板，不好意思，可能是我们弄错了，多有打扰。”两位警官起身准备离开。

“没关系，欢迎你们常来坐坐。我这个人，就喜欢和你们警察交朋友。”他笑靥如花，礼貌地和他们一一握手。

看着两人收下秘书送上的纪念金表，他再次满意地笑了。

电梯门关上的时候，他绷紧的神经放松开来，而他的心头却又升起一股难以名状的悲怆。他放下伪装出来的风度，踉踉跄跄向办公室走去。

“徐建国！”

他猝不及防地转过身来！

这一声乡音，一声相隔了十六年的呼唤，令他来不及反应、来不及调整、来不及躲闪、来不及伪装。

电梯门口，来自家乡的两名警官，正意味深长地看着他。

十六年了，“徐建国”这个名字印在他骨子里的烙印如今依旧清晰可见。哪怕他有了金光灿灿的新名字，哪怕这个新名字之上附加了多少头衔称号，他始终无法改写自己的过去。那血淋淋的名字上，有个擦不去的标记——杀人犯。

醉酒的男孩儿

他扬扬同事给他包扎的伤口，得意地问我，“怎么样，我聪明吧？”

我鼻子一酸，嗓子眼里像堵了一团儿棉花。

110 派警过来的时候，已经是凌晨 1 点多了。刚出值班室门，就碰见一个肥头大耳、大腹便便的中年男子，左手提着一个孩子的衣领，满脸横肉的脸上写满怒容。他冷冷地说，不用去了，我把嫌疑人给你们带来了。

我打量这孩子，一米六的个子，面黄肌瘦，身体瘦得像根麻秆，还带着满身的酒气。胖子提着他，就像手里拎着一只小鸡。

“你们是什么情况？”我把他们让进询问室里。

胖子拍拍孩子的脸：“小子，醒醒了，赶紧跟你警察叔叔讲讲是什么情况。”

孩子抬头看我了一眼，欲言又止。

胖子说："我正在翡翠明珠KTV门口等活儿，这熊孩子不知道从哪儿冒出来的，过来对着我的车头撒尿。我冲他吆喝了一声，谁知道他还来劲儿了，抬脚就给引擎盖踩了个大坑！"

刚进询问室对孩子做检查的时候，孩子已经把口袋翻了出来，只有几块钱的零钱和一张身份证。身份证上显示，他还不满18周岁，按治安管理处罚法规定，首次违反，应不予处罚。至于那几块钱零钱，也不够胖子修车的。

胖子提醒我给孩子父母打电话。同时，他一把抓住孩子的头发把他按在墙上，怒吼着让男孩说出其父母的电话号码。

我连忙将两人分开，张开胳膊护在孩子前面，好言相劝："他还是个孩子，哪有不犯错误的？批评教育为主，我让他给你道个歉。这会儿还早，夏夜生意多，你在这里非要追究他责任，耽误的都是你的生意不是？"。

胖子拍着桌子愤怒地说："道歉？你们警察都是和稀泥的？我出去给你们警车也踩个坑，这事儿道个歉也能算了？"

我笑了笑："何必说气话呢？我替这孩子拿200

块钱给你行不行？”

胖子坚决地说：“那不行！你跟他非亲非故，你掏钱算怎么回事？我说这孩子怎么胆子那么大，我的车他也敢踹，感情是有你们警察给撑腰啊！”

这下我倒是犯难了……

就在这时，孩子突然说话了。

“手机借给我用用。”

我愣了一下，看来这孩子酒醒过来了。

“用手机干吗？”我问男孩儿。

“我要打110投诉，他打我。”男孩儿指着胖子，声泪俱下。

“这、这……”胖子摊摊手，说，“警察同志，你说我揪下头发也算打吗？我是太气愤了。”气势汹汹的胖子突然怂了。

接着，事情开始朝无法预料的方向发展。只见男孩儿突然浑身颤抖，身子一歪，倒在地上。

胖子往边上一闪：“这，这……你看着的，我可没有碰他。”事情似乎越来越严重了，男孩儿的双腿在地上胡乱踢着，右臂却被他紧紧地咬在口中。我拉开孩子的胳膊，被他咬着的那块儿已经血肉模糊。我牢牢拉着孩子的右臂，他又向左臂咬去。

见此情景，胖子跺跺脚，重重叹了一口气，说了句“算我倒霉”，拉开门走了。

胖子走后，男孩儿突然坐起来，嘿嘿一笑。

原来，男孩儿是跟父母赌气离家出走的。身上的钱花光了，又不愿回家，就喝了点酒，谁知道喝醉了就干出来这种事。

“我本来想装醉装到底，谁知道你却要赔他钱。无论怎样，我不能连累你们警察。”他扬扬同事给他包扎的伤口，得意地问我，“怎么样，我聪明吧？”

我鼻子一酸，嗓子眼里像堵了团儿棉花。

师　父

如今我也有了自己的徒弟，在新人面前，我是个搬运工，把师父教给我的方法经验，再一一教给他们。

公安工作是一种涉密性极强的工作，许多侦查方法绝对不能外传。于是，对公安工作的学习，更多依赖于师父和新警之间的传承。师父，就是一本活的教科书。

我的师父是个经验丰富的人，善于做群众工作，化解群众矛盾，凭三寸不烂之舌能把群众说得心服口服。他在处警时经常会说一些非常幽默的话，譬如在处理两个卖菜老头之间的纠纷时，他现场吟出一首打油诗："煮豆燃豆萁，豆在釜中泣，都是卖菜滴，有啥可捣呢？"

有一次，群众举报城中村的一个小超市有台赌博机，我和师父被送到现场，司机赶去下个现场。110指挥中心指示我们当场销毁赌博机。我和师父砸完后，师父说撤。我一愣，车没来呢。师父拉着我大步离开。在回去路上他才解释给我听：城中村的赌博机，店主和房东都有份。如果房东招呼一下村里的群众，很可能引发群体性事件。

一次，我开着所里的面包车到分局送案卷，在返回路上和一辆帕萨特发生了剐蹭。我不知所措，师父赶来后不住地向车主道歉，说尽好话，并拿了200块钱赔给车主。回到单位，所长责怪我，师父不依："他还是个新警，各方面不都正在锻炼吗？怪我没有领他一起去，这200块钱算我个人的！"

每每遇到急难险重的问题，师父都会冲在我前面。

我常常提醒他，我们拿一样的薪水，他没有义务替我扛着。师父就会拍着我的肩膀说，你是徒弟嘛，师父要有师父的样子，等你有了徒弟就会明白的！

师父一方面对我倾囊相授，从处警到立案、取证、侦查、逮捕、起诉，讯问的技巧，撰写报告的细节，盯梢的手势表达，押解的注意事项，每一步都毫不保留；一方面关心照顾我的生活，吃饭时总会带上我，加班时会请我吃宵夜或是亲自给我泡面。在我的泡面里，总会埋着两个荷包蛋。

这样的师父，无须行礼，无须下拜师帖，却足以为人师表。正是有这样的师父的存在，我们的公安工作才有了传承和发扬，我们才能战时少流血。

我们常说，师父是什么样，带出来的徒弟就是什么样。每一个徒弟身上，都有师父的影子，每一个徒弟，都在传承中被师父打上了烙印。

如今我也有了我的徒弟。在新人面前，我是个搬运工，把师父教给我的方法经验，再一一教给他们。

感恩师父，让我成了一名真正的人民警察。

良　心

什么是良心？是仁义，是道德，是责任。

一

对于这个女人来说，今天是个特别的日子。

为了这个日子，女人提前把被子晒了三天，换上干净的被罩，又将床铺得厚厚实实的。三年没有见面了，女人按照原先的尺码，到集市上给男人买了崭新的衣服。

今天，她的男人要回来了。

在女人眼里，男人就是他的天。他回来了，家里就有了依靠，就有了希望。

三年来，女人一个人带孩子、插秧、施肥、收割，腰弯了，皮肤粗糙了，人也苍老了许多。三年里，女人想得最多的就是，好好过日子。女人曾经喜欢幻想，对未来有很高很美好的期许。如今她想开了，只要一家三口在一起，粗茶淡饭，也一样能把日子过成诗。

她早早起床，赶到另一座陌生的城市，接她的男人回家。

二

对于这个刑警大队长来说，这是一年三百六十五天里极为普通的一天。

这一天，他又要出差。他准备好拘留手续、警官证、手铐、脚镣、车钥匙等物品，他的女人则给他准备好出门必带的降压药。

出差是常有的事情。一出差，刑警队长的妻子就会失眠。她睡不踏实，担心男人的安危，也担心那些坏人到家里来报复孩子。

这些年，刑警队长睡在车里、宾馆里的次数要比睡在家里的次数多很多。女人抱怨，发牢骚，甚至是争吵。

女人让他调动岗位，在家好好过日子。而他说，守在这个岗位，是为了让更多的家庭可以好好过日子。女人无言。

这一天，他早早起床，和下属一道，赶到另一座陌生的城市，接一个人回来。

三

对于这个男人来说，这是一个值得纪念的日子。

三年前，他就开始盼望这个日子。一千多个煎熬的日子，终于结束了。

刑满释放，重获自由，告别眼前这个封闭的世界，去享受外面的多彩、繁华。想到这些，他兴奋地难以名状。国家在日新月异地变化，家乡会变成什么样？

他把自己的行李铺盖都提前分配好，送给了自己的“难兄难弟”。

这一天，他早早起来，等待狱警宣布刑满释放的那一刻。他要回家。

四

这一天，夫妻重逢，抱头痛哭。刑警队长显得很有耐心，静静地等着他们，他非常能够体会这种相聚的滋味。在这对夫妻将要离开时，守在一边的刑警队长向男人出示了《拘留证》：“你还不能离开，我们县的老百姓还有七头耕牛的账要和你算一算。”

男人又一次戴上手铐脚镣。

女人抓住手铐嘶喊：“你们有没有良心？他已经

住过监狱了，该受的罪都受过了，该受的教育也受完了。我一个女人拉扯一个孩子容易吗？你们让我往后怎么过日子？”

刑警队长面色冷峻：“良心？什么是良心？惩奸除恶打击犯罪才是良心！你一户人家没法过日子，可我们县那七户丢牛的，人家的日子又该怎么过？”

刑警队长将垂头丧气的男人押上车。

男人回头望向窗外。女人站在车后面，正怔怔地盯着警车淌泪。他们夫妻的团聚梦又破灭了，而这一切全拜他所赐。他突然感受到了内心的苦涩。

“警察同志，我能不能再给我女人交代点事儿？”男人请求道。

刑警队长将男人带下车。“长话短说！”

男人扑通跪在地上，对着女人重重地磕了三个响头。这一刻，他受的教育，比三年来在监狱里受的教育还要深刻。

刑警队长拉他起来，拍拍他的肩膀说：“小子，算你有良心！”

女人再一次认了命，跑上来把手里的衣服塞进车窗交给男人。

“无论多久，我都等你回来，回来咱好好过日子。”

女人说。

“上车吧！你来陪他一程！”刑警队长对女人说，“这就是我的良心！”

斗　狗

那是一条狼狗，一身黑灰色的皮毛，两只耳朵竖着，眼睛映着路灯的光。它警觉地向着小殷走来，踏在雪上，没有一丁点声响。

日臻街二巷自西向东数第四家就是逃犯马忠武的家。这是一座老宅，大门紧闭，红漆斑驳，铜质门环锈成了绿色。

小殷从线人那里得到了重要情报——马忠武极有可能在年前秘密潜回家看望他的老母亲。于是他决定到马忠武家附近蹲守，伺机抓捕。

北方的冬夜，天黑得很快，前一刻还是夕照飞霞，下一刻便灯火阑珊了。小殷远远地停了车，悄悄摸进了小巷。巷口的墙上挂着一盏昏黄的路灯，洒下清冷的光。小殷埋伏在第五家房门一旁，静静等待着。

到了夜里十点，日臻街安静下来，小城进入了梦乡。大片雪花静静飘落，经过巷口路灯的照射，像缤纷凋落的花瓣。小殷搓搓手，轻微动了一下僵硬的身体。他决定再坚持一个小时，如果还没有情况就放弃。

就在这时，一只狗经过巷口，它往巷子里望了一眼，然后走了进来。那是一条狼狗，一身黑灰色的皮毛，两只耳朵竖着，眼睛映着路灯的光一闪一闪的。它警觉地向着小殷走来，踏在雪上，没有一丁点儿声响。当它走到距离小殷十来米远的地方时，停住了脚步，直直地盯着小殷：汪！

小殷不敢动，他害怕他的举动惊动了巷子里的人家，惊动了打算回家的马忠武。

狼狗虎视眈眈，看到小殷没有动静，便试图发起进攻。它张大了嘴，露出满口的獠牙，眼睛散发着绿幽幽的寒光。

千钧一发之际，小殷突然想起一个谚语：狗怕蹲，狼怕站。他弯腰蹲下，狼狗居然马上止住了叫声，在暗夜里和他僵持起来。时间一点一滴地过去，他和狼狗就这样静静地僵持了近两个小时。

十一时三刻，马忠武在巷口出现了，他警觉地沿着墙根走。狼狗意识到来自前后的压力，慌忙夺路而逃。被狼狗吓了一跳后，马忠武倒是放松了警惕。他刚摸到自家的门环，小殷便猛扑上去，给马忠武戴上了铮亮的手铐。

高峰岗

小伙子，谢谢你啊！阿姨再不给你添堵了，以后我换个路口发去。

如果再让他选一次，他一定不做交警；如果一定要做交警，那也决不上高峰岗；如果一定要上高峰岗，那也无论如何都不上八一路口的高峰岗。

作为一名高峰岗民警，总是在别人没有上班的时候就上了岗，在别人都下了班之后还守着岗。他的工作是疏导交通，确保路口在上下班时段通行顺畅。

领导为了方便他，让他值了八一路口的高峰岗。每个工作日，妻子开车送孩子上学时会从他的路岗经过，一天中他有两次对妻儿注目凝视的机会。这是唯一令他欣慰的事情。

欣慰的事不多，而烦恼却一大堆。如果说占用右转道等待直行的车辆让他不能忍受的话，那么更令其难以忍受的是完全无视红灯的电动车和行人，而最令他不堪忍受的是那个站在路口往车窗里塞小广告的大妈。

那是一个难缠的大妈，五十来岁，头上包着毛巾，身材虽然有些走样，但身子骨倒蛮好。她一边走在两条直行道的分隔线上，一边不住地往两侧的车玻璃上塞名片大小的广告。一个红灯的时间就能走近百米的距离。

他试图说服大妈：“阿姨，你看我们的工作起早贪黑的，挺不容易的，能不能支持一下我的工作，不要再发小广告。这样既影响交通又不安全。”

大妈应对的似乎也在理：“小伙子！别以为就你们警察不容易，谁不是起早贪黑？有时候你还没我来得早呢！再说，你基本上是站着不动，我这一天来回得十几公里呢！”

大妈不管交通状况如何，越拥堵反倒越利于她发放广告。他终于忍无可忍地警告大妈：“在路口发放传单广告的行为，涉嫌影响正常交通秩序，妨碍道路交通安全。我完全可以依照《中华人民共和国道路交通安全法》对你进行处罚。”

大妈完全不在乎，把双手一伸：“来吧，你把我拘留了吧！”

他苦笑一下，抓住大妈手中的广告传单夺了过来：“我不拘留你，但我要把这传单收缴了。”

话还没说完，大妈往地上一坐，抱住他的腿，堵着车道，任由身后的汽车焦灼地鸣笛。他搀住大妈的胳膊，使劲儿地将她拉起来。还没等他说话，大妈便冲他的脸上吐了一口口水。那一幕正好被路过的妻子看到，令他丢尽了颜面。

在那以后，大妈变得更加肆无忌惮了。不仅当着他的面堂而皇之地派发广告，甚至还将广告塞到一边停放着的警车里。

他除了苦笑外又有什么办法呢？

不久后的一场意外让事情有了变化。因为在高温下发传单，大妈在路口晕倒了。他立刻安排路过的妻子将大妈送医院救治，并在高峰岗结束后前去探视。大妈被他感动了，对他的态度来了个360度的大转弯，表示坚决支持他的工作。

她指指袋子里的传单：“小伙子，谢谢你啊！阿姨再不给你添堵了，以后我换个路口发去。”

回 头

师父说：“办理一个案件，虽然法律是讲行为讲结果，但我们作为警察，要讲动机，讲原因。”

辖区建材市场的几个年轻保安把一名中年保安扭送到了派出所。

中年保安的眼角有些淤青，嘴唇打着哆嗦，身上捆着歪七扭八的绳子，油乎乎的保安棉服被绳子勒成块状，活像一只蘸在酱汁里的海参。他的双手被缚在身后，脖子里挂着一个黑色的塑料袋子，袋子里是重要物证——一盒方便面和几根火腿肠。

师父呷了一口茶，拍拍我的肩膀，说：“这案子，你来办。”

“不许掉链子。”师父又补充了一句。

受害人是建材市场边上的小卖部老板，主营烟酒副食。最近一个月，他发现自家小店的商品经常丢失，于是每晚建材市场营业结束之后，就躲在小店一旁的车里暗暗观察。只用了两天时间，便将小偷堵在了小卖部里。让他吃惊的是，这小偷竟然是建材市场的保安！

涉案价值不大，但行为极端恶劣。保安监守自盗，还如何守得住建材市场的门户？小卖部老板将小偷送到了保安部，保安队长转手就把他移送到了派出所。

监守自盗，罪加一等。没等询问，我心中已经有了一个结论。询问室外，是义愤填膺的年轻保安们，询问室内却是平静的嫌疑人。而我等着嫌疑人给个说法。

嫌疑人叫胡德志，一个多月前应聘到建材市场当保安，负责夜班值守，主要职责是防火防盗。一到夜晚，建材市场四门封闭，任何商户不得逗留，车辆和行人不得通行，偌大的市场就只留下保安一人来回巡逻。市场里没有专门的值班室，胡德志走累了就坐在门口的椅子上歇会儿。有一夜刮大风，胡德志冻得受不住，就想找个地方避避风，结果用自己的几枚钥匙乱捅小卖部的门，居然把门捅开了。温暖的小屋，丰盛的食品，从此以后，小卖部便成了胡德志的夜间值班室。

事实清楚，证据确凿。这是一件小得不能再小的案件。

按照程序，接下来开搜查证，找赃物，认定涉案价值。

胡德志租赁了老城区一间十多平方米的筒子楼，和妻子孩子共住。我押着胡德志回到他的住处，立即展开地毯式的搜索。然而搜遍整个房间，除了从床肚子里找到的两条中华烟，其他并无所获。

“这不是，这不是……”胡德志盯着我手里的中华烟，语无伦次。

“不是什么？！是不是回去对了批号才知道。别的东西呢？”我严厉起来。其实我也知道不是，那种小卖部，中华烟是卖不出去的。

“没了，真没了。”胡德志一边说一边偷偷看了眼一旁沉默不语的妻子。

我转身出门，对外围略一观察，径直走到楼道尽头。楼道尽头开了一扇窗户，探头往窗外一望，外头有一截伸出去的水泥平台，一些小包装的饼干、卤蛋、花生米散落在上面。

有鬼！我将胡德志的妻子带到楼道尽头盘问。

“和她没关系！”胡德志有些紧张。

“你说没有了，结果我找到了物证。你说和她没关系，包装袋是谁扔到窗户外头的？”我警告胡德志。

胡德志的妻子不难对付。很快，我就在楼下的自行车棚里找到了一个纸箱，里面是一些小零食。

“你怎么知道要把这些东西藏起来？”

胡德志的妻子嗫嚅道：“他早上给我打电话说不回家了，出事了。我就知道一定是这些东西闹的。过去他啥时候给孩子买过这些零嘴啊。我就想着得赶紧把这些东西藏起来。”

回到单位，我麻利地补充证据，整理卷宗。行政处罚决定书很快就批下来了。胡德志，因盗窃处以十五日的治安拘留。胡德志的妻子，隐匿、销毁证据，处以十五日的治安拘留。审批处罚胡德志的妻子时有个插曲。法制科长说户籍系统显示他们夫妻有个孩子，如果拘留了胡德志的妻子，孩子则无人照料，所以应当暂缓。

师父看着我摊在桌子上的案卷，征求我的意见，问：“你打算怎么办？”

“法律规定的是怀孕和正在哺乳未满一周岁的婴儿时，拘留不予执行。嫌疑人的孩子已经 7 周岁了，不符合免于拘留的情形。”我的态度坚决。法制科通知孩子的小姨代为照顾孩子。

去拘留所的路上，妻子边哭边讲述过去的故事。两人曾经在商贸城开服装店，赚了钱买了房子。后来胡德志染上赌博的恶习，转让了门店，卖掉了房子，落到了如今的田地。

“罪有应得！咎由自取！”回去路上我如此感慨的时候，师父意味深长地看了我一眼。

“办理一个案件，虽然法律是讲行为讲结果，但我们作为警察，要讲动机，讲原因。”

“他偷人家东西，这动机不就是非法占有吗？他妻子帮他隐藏赃物，这动机不就是帮助他脱罪？”我辩驳。

师父没说话，我又强调：“做错了事，就得受惩罚。警察是执行者，就得爱憎分明，宽恕是上帝的事情。”

师父猛踩了一脚油门，车子飞驰起来。

十年之后，师父已经退休，我也有了家庭，有了孩子，有了和过去完全不同的生活。这些年来，我在不知不觉间也发生了转变。办案时我谨慎了许多，会多花些精力看案情报告，仿佛想要看透案情背后的故事。

因为，我常常会想到胡德志和他的妻子。

自　残

如果能够将心比心，在处罚的同时，将教育融进你的一言一行里，是不是会对嫌疑人的改造起到促进作用?

嫌疑人出奇地配合，这在吸毒人员中，属于少数。

出现这种情况一般有两种原因：一种是新手，只是讲讲法律讲讲政策，吓唬两句，嫌疑人就涕泪交加地把问题交代得清清楚楚。还有一种，可能身上不止一个事儿，配合交代的是小事儿，遮掩着的是大事儿。

眼前的嫌疑人把有证据的事儿交代得清清楚楚，没有证据的事儿，丝毫不吐口。

将近24个小时，几番突审，并没有在嫌疑人身上发现其他线索。攀哥和我合计了一下，干脆送拘留所吧!

一路上嫌疑人也很配合，甚至会介绍一些作案的新手法。攀哥让他检举俩人立个功，他狡黠地一笑，就不说话了。

到了拘留所，过了安检门，管教民警的金属探测器往嫌疑人身上一扫，滴滴声大作。

脱衣服，解鞋带，滴滴声仍旧没有消停。

“吃什么了？”攀哥耐心地问。

嫌疑人不说话。

攀哥跺跺脚：“走！去医院。”

拿到X光片，脊椎骨正中有块斜着的白影儿，十分醒目。

“这个白影儿遮挡住了脊椎骨，说明东西在食道里。看这个形状，极有可能是枚硬币。硬币没有棱，伤害小。如果是别的铁片，划破食道，造成内出血就麻烦了。”医生介绍。

这家伙在被抓的时候就已经决定要和警察死扛到底了，怪不得那么淡定。他心里很明白，自残到这个程度，拘留所不收押！

“你干吗？”攀哥拦住我。

“我想揍这小子，耍咱俩呢！”

“你揍了他有用吗？”攀哥劝我。

医生给了建议：先住院观察几天，如果拉出来了，那就什么事儿都没了。如果卡在哪儿了，就得动刀子。

病房里，攀哥的态度出奇地好，和嫌疑人拉家常，聊自己的奋斗故事。攀哥年轻时的糗事，让嫌疑人笑出了眼泪。但攀哥笑不出来，嫌疑人接连三天拉血，脸色惨白。我实在看不上攀哥那副孙子模样。攀哥让我守在病房外围，免得我看到嫌疑人那副嘴脸动了手。

第三天半夜，嫌疑人爬起来褪下裤子，攀哥毫不犹豫拿着脸盆接着，脸盆里全是殷红色的东西。

“或许你觉得你这样做就报复警察了，进了号里头也有得炫耀了。但你想过没有，你这样折腾我们，也是折腾你自己。最终你还是要进去。你觉得你做的事儿，给你给别人给这个社会带来一点好处了吗？”攀哥真是做思想政治工作的好手，一边接着大便一边劝说。嫌疑人低下了头。

“不闹了，我吞的是硬币，给我准备一壶食用油和一把韭菜，我保证半个小时以内把它弄出来。”嫌疑人坦然道。

从拘留所回去的路上，攀哥问我：“你是不是觉得我对待嫌疑人有点低三下四？”

我点点头，说：“如果换我，直接开膛破肚，东西拿出来，大不了守一个月四十天的，等他刀口愈合就送拘留所去。”

攀哥笑笑说：“面对嫌疑人，你首先要把他当成个人看，站在他的角度去考虑他的想法，你就会理解他的举动了。消解社会矛盾，不仅仅靠打击，也要靠教育。”

我点点头，这个自残事件，也教育了我。

对　峙

他知道只要一撒手就能够保住自己的命，还可能得到一笔意外的财富，但他也知道，如果他做了这些，就算活着，就算拥有了财富，他却再也无法正视自己身上的制服。

他用气得赤红的双眼盯着对面铁椅子上的嫌疑人，声嘶力竭地质问：“说！你到底把钱藏在哪里了？”嫌疑人稳稳地坐着，一脸坏坏的笑。

身边的协警拍拍他的肩膀，递给他一支烟：“消消气，咱们跟他又没仇。”他没有接协警的烟。

这是个盗窃案件，受害人家中被盗五十万元现金和一套金饰。当然，受害人也不是什么好人——在家中开赌场放高利贷。

勘查现场分析——熟人作案，作案者只有一人，是经常到犯罪嫌疑人家中赌博的赌徒。他是蹲守了一天一夜才抓到这个嫌疑人。嫌疑人为了制造不在场证据，特地在宾馆开了房间，约朋友在宾馆赌博，而后从宾馆后门悄悄溜出去作的案。

金饰被嫌疑人在金店换了个指环戴在手上，可 50 万元赃款的下落他始终没有交代。

审讯陷入了僵局，他的肚子也不争气地来了事儿。他跑到卫生间刚刚蹲下去，就听见协警一声喊："站住！"他立刻意识到：人跑了！

他提起裤子就冲出了卫生间。

暗夜里，他终于看到了狂奔着的嫌疑人的身影。他的体力已经严重透支，双脚也似灌了铅。

当他把嫌疑人扑倒在地的时候，发现自己已经很难爬起来了。两个人在泥泞的路上翻滚，他拼着最后一点力气死死抱着嫌疑人的腰，嫌疑人的双手死死掐着他的脖子。

"50 万，我坐牢就要坐十年！可是对你来说，案件破不破，对你有什么影响？我们本来没仇，你如果打定主意要让我坐这十年，那我干脆掐死你，我也不活了！”嫌疑人妥协的口气里带着威胁。

是的，如果就此被掐死，又能得到什么？英模？烈士？他不害怕死亡，可也不愿离开这个美好的世界。

“这样，只要你放了我，那50万元就是你的。钱被我藏在很隐秘的地方，只要放我走，你就可以拿到钱，我不说，没人会知道这事。”嫌疑人哀求的口气里又带着诱惑。

是的，这是一个绝好的机会，只要放了他，可以得到一笔意外的财富。

可是，他没有松手。他知道自己一撒手就能够保住自己的命，还能得到一笔意外的财富，但他也知道，如果他这么做了，就算活着，就算拥有了财富，他却再也无法正视自己身上的制服。

当他从医院的病床上醒来的时候，已经过去了三天，是随后赶来的协警救了他。当得知同事们在嫌疑人岳父的家中找回了那50万元的赃款后，他笑了。

胆　气

你软弱了，邪恶势力就抬头；你退缩了，犯罪分子就猖獗；你装孬了，犯罪分子就会肆无忌惮！

快下班的时候，政治处贴出了拟对艾茂森同志记个人三等功的公示。这消息让我大吃一惊。我和艾茂森是警校同学，又是同一批入警，上学的时候他表现得并不突出，甚至常常被人遗忘。然而参加工作不到三年，居然要被记功了，实在令寸功未建的我心里泛酸。

走到楼下就接到了艾茂森的电话：“今天周五，晚上出去喝两杯？”

“奖章没到就先请客了，很有觉悟啊！”我心里有点酸酸的。

我和艾茂森约了个地摊，甩开膀子喝着啤酒。酒过三巡，我还是把话题扯到了立功的事儿上，起码我得知道他因为什么立的功。

艾茂森倒也不含糊，拿着肉串指点上了：“如果你在辖区里入户走访，敲开一户，屋子里头坐了七八个人，都是十七八的毛头孩子，桌子上是泛着光的刀，而地板上摆放的全是清一色的苹果手机。你会怎么办？”

我的嘴角抽动了一下，显然，这就是他的故事。我没有回答他，静等他讲。

“我当时就一个想法：这八个人，一个都别想跑掉！”艾茂森的话里头带着一股子狠劲儿。这狠劲让我感到陌生。

“你一人，抓了八个？”我瞪大了眼睛盯着他。

“我一把推开门，让他们全部都暴露在我的视线内。我堵在门口跟他们说，我是警察，这事儿让我碰上了，该你们倒霉。别想着跟警察叫板，你们不管是一个个上还是一块儿上，我就是豁出去命，总得叫你们留下点儿啥。就算你们把我废了跑了，袭击警察这么大的事儿，你们最终还是会被一个个逮住！

“最后我让他们都面对墙站着，让其中一个人把其他人的皮带都抽下来，把手背到后头拴住。然后我淡定地给 110 打电话，让人过来把他们带走。

遇到这种场面，关键是不怯！用你的气场去震慑住他们。你要露出来一点怯意，那群愣头青能把你捅成马蜂窝。”

我完全能想象那剑拔弩张的场面，也明白一旦场面失控的后果。

“甭管啥时候，你得明白，你代表的不是一个人，而是整个警察队伍！你软弱了，邪恶势力就抬头；你退缩了，犯罪分子就猖獗；你装孬了，犯罪分子就会肆无忌惮！”艾茂森还在分享经验。

这三等功，该！

第五辑　爱情篇

一个朋友说：如果一个男人投身警察，那么他的生命就不再属于自己！如果一个女人嫁给警察，那么她的爱情也不再属于自己！的确，许多时候，警察都在事业和家庭、工作和爱情之间做着艰难的抉择取舍。请每一名警察家属多些耐心和包容，愿每一个警察都能够家庭和睦幸福。请相信，无论是事业还是爱情，警察都爱之胜过自己。

一个是梦，一个是家

选择了那份职业，就选择了披星戴月日夜兼程；选择了那个爱人，就选择了呵护陪伴柔情似水。

他十六岁的那一年，做了两件决定他一生的事情。

第一件事是他决心子承父业，做一名警察。

第二件事是爱上了一个女孩，他决心与她共度一生。

他读了警校，毕业之后考了警察。遗憾的是，本市不招录警察，他考到了一个偏远的贫困县城。

他一直追求她，疼她、爱她、包容她，陪她聊天，哄她开心。一年三百六十五天他恨不得让每天都变成他俩的节日，好令他们理所当然地腻歪在一起。终于，他长情的陪伴有了结果，她和他步入了婚礼的殿堂。

两个心愿都已完成，他本该开心。可是，他的职业信仰和爱情信仰之间，相隔着497公里的距离。

他成了一名真正的警察，受案立案、走访调查、现场勘查、收集证据、拘留逮捕、通缉追逃、移送起诉，所有的工作向他压来。他像一只被鞭子抽打着的陀螺，拼了命地转动着。

闲暇的时候他会点一支烟，眯着眼感慨：警察，并没有多神奇，至少不是最初想的那回事儿。

他也真正成了她的丈夫，和她一起开始了平凡的婚姻生活。柴米油盐酱醋茶成了婚姻的主题。过去那些每一天都能过成诗的日子，变得遥不可及。

在那无数不能相聚的日日夜夜里，他看着街上那些牵着手的情侣，也会心生感慨：爱情，并没有多美丽，至少不是最初想的那回事儿。

虽然不是最初想的样子，但任何一个信仰，他都不愿意半途而废，初心未变，结局也就不能变。他决心克服这497公里的问题，尽管这在别人看来都是权宜之计。

他坐周五下午七点的大巴离开工作地，次日凌晨一点到家。他周一凌晨一点踏上火车，八点钟到达单位。这中间，是完整的两天休息日，他和她在一起度过，每一分每一秒，都变得弥足珍贵。

在家的时候，他会操心手头的那些工作；在单位的时候，他会留恋他们在一起时的温暖。

是的，两个信仰，一个成了矛，一个成了盾。

多少人劝他放弃，而他却选择坚守。

在每一个孤寂的夜晚，他摊开四年来积攒的火车票一遍遍地数着。每张车票上车次的两端，一个是梦，一个是家。他望向窗外深邃的夜空，眸子闪亮，一如十六岁那年。

暗恋的警花

上天给了他们三年的缘分，让他同她形影不离。而她的生命永远定格在那一刻，他的暗恋却将一生延续。

一

她又一次在政治处主任面前拍了桌子。

主任倒是个好脾气，两手一摊，说："这不是给你分了人了吗？"

"我要男的！"她大大咧咧往沙发上一坐，自己给自己倒杯水，一口气饮下半杯。

"你还搞性别歧视啊？女的怎么了？你自己不就是女的嘛！"主任说。

"非要我说难听的吗？"她的脚往沙发扶手上一搭，哪里还有半分女人样。

于是，她把本要分到宣传科的他带走了。

二

她觉得她领回来的不是一名新警，而是一名俘虏。

虽然他个子很高，但是却瘦得像一枝蒿。

她把他领到所长办公室里“验货”，强调是她费了很大劲儿才争取来的，要高看一眼，厚爱一分。

等他出去以后，她跟所长感慨：“好歹是个带把的，以后值班、出警、抓人、看守就得用上了。”

他在门外听得很清楚，心里一紧。

三

他还没有学会如何记笔录，只能配合着在留置室里看人。

她拍拍他的肩膀问：“乖，会做信息采集不会？”

他用力点点头，终于轮到了他露脸了。

“乖，你怎么操作得这么慢？去去去，换小张来！”

本来让他感觉很温暖的称呼，突然却像无形的鞭子抽在他的背上一样……

四

他熟练地敲打着键盘记着笔录。

她把热气腾腾的泡面放在他面前。

“姐学历低，电脑玩不好，给你搞好后勤保障，专门给你煎的荷包蛋，趁热吃了。”

他看得出来，坐在对面的嫌疑人也眼馋这种小幸福，他喉头哽咽，眼泪被生生逼了回去。

不知道从什么时候起，她已经把他当作一名真正的警察对待了。

五

他和她一起值班，一起备勤，一起巡逻，一起下社区，一起抓人，一起问笔录，一起出差追逃，一起汇报案件。

他们是搭档，形影不离。

只是，她是指导员，他是普通民警。他只能站在她的面前，听她指挥调遣。

他是她眼中的小弟，而她却不是他眼中的姐姐。

六

他始终是她口中的“乖”。

他们化装侦查，她堂而皇之地在办公室速度褪下制服，换上便装。

他急忙转过身去，脸颊已经飞红。

她笑骂：“你是不是个男人，什么没有见过！关键时候你还有那么多臭讲究啊！”

他本想说自己还是个处男，可他没有辩驳。怕她笑话，他很在意。

七

他第一次冲在了前面。

她打电话把他叫到办公室，跟他开玩笑，安排他去当一回“嫖客”，他的脸颊又一次不自觉地飞红。

“做警察，泰山崩于前而色不变。你这小脸蛋动不动就泛红，这心理素质还能不能行？”

她笑得花枝乱颤。

有群众举报某洗浴中心有卖淫嫖娼行为。她要他先行进入洗浴中心，摸到通往嫖娼场所的暗门，以便在她带人冲进去的时候，能够熟悉路线直奔目标。

行动中，当场抓获违法嫌疑人四人。他暗暗咂舌，她是直接从男宾部穿过去的。

八

她倒在他怀里的时候，他整个人都垮了。

他记得，有一天她扔了包烟给他。

“抽烟有害健康。”

她白了他一眼：“你放心，轮不到香烟祸害你的健康，平均每天就有一个半警察死亡。说不定哪天就会轮到你我。”

他当着她的面抽了一口，呛得流泪。她睁大眼睛瞪着他说：“你还真是个雏儿啊！”

如今，他的泪都要哭干了。

九

五年前，她到他们学校做英模报告。

她是二级英模，全国优秀人民警察，三八红旗手。

她大他五岁，却比他早十年参加工作，中专毕业就分配进了警队。

他在报告会上提了很幼稚的问题，只是为了能和她接近。

上天给了他们三年的缘分，让他同她形影不离。

这三年里，他拼命锻炼身体，熟练各种业务技能，努力去追赶她的脚步。

她的生命永远定格在那一刻，他的暗恋却将一生延续。

白色羽绒服

“哧啦”一声羽绒服被刀拉一个大口子，细碎的白色羽绒飞了出来。他发狂般抓住嫌疑人的手腕使劲往地上砸，嫌疑人被他眼里冒出的怒火吓懵了，手里的刀掉落在地上。

“今年冬天将会是这个世纪以来最冷的一个冬天！”女朋友扯着他在商场里转悠。

“那是商家的一个噱头。”他盯着女朋友手上翻看的一件羽绒服皱着眉头说。

女朋友让导购取了合适的尺码拿给他试穿，他拿在身上比划了两下摇摇头说不合适。但女朋友却嘟着嘴坚持要他试试。看着试衣间镜子里的自己，他觉得自己像换了一个人。白色，简单大方的款式，轻羽绒，穿着特别舒服，可再看看价签上近两千的价格，他倒吸一口气。

“不合适。”他出来后对女朋友摇摇头说。

女朋友将他拉一边："是钱的问题？我给你买！"

女朋友一个月也就两千多块钱的工资，他坚持着摇了摇头。

"买吧！"女朋友做他的工作，"你看你好歹是个公务员，一点也不讲究，整天就穿着那一身警服，我都看腻了。"

刚结完账出了商场，他就收到了大队长的短消息：速回队里。他和女朋友匆匆告别。返回队里，队长已经在门口的车里等他了。上车后，队长并没有在他的新衣服上多打量一眼，令他有些微的失落。

据线人提供的线索，至少有四个人聚在一处吸食毒品。现场位于北下街的帆布厂家属院二单元三楼自东向西数第四家，房子是80年代建的，筒子楼，一个单间就是一户。队长带三个人从正门直接突破，进去抓人。而他的任务是站在河边的家属楼外墙下，盯着窗子，防止嫌疑人往外扔毒品和吸食工具来销毁证据。

"嘭"的一声巨响，门显然是被撞开了。"都不许动！"同事的大嗓门，他在河边听得清清楚楚。

"嘿，你干嘛呢？"同事的声音刚落，他就看到从窗户探出个头来。

“别动！”“扑通”一声嫌疑人已经不要命地从窗户跳了下来。嫌疑人很敏捷，一落地立刻发足狂奔。

他没敢愣神，拔腿就追，没几步便扯住了嫌疑人的衣角，一拉扯两人便栽倒地上扭成了一团。白色的羽绒服在河岸的土地上蹭得面目全非。就在他成功翻身骑到嫌疑人身上的时候，嫌疑人从腰间摸出一把刀朝他前胸递了过来。他顺势躲闪，“哧啦”一声羽绒服却被拉一个大口子，细碎的白色羽绒飞了出来。他发狂般抓住嫌疑人的手腕使劲往地上砸，嫌疑人被他眼里的怒火吓懵了，手里的刀掉落在地上。

在赶来支援的同事的协助下，嫌疑人被押上了车。

案件办完的时候已经是深夜，同事打电话问：“你去哪儿了？队长喊着去楼下喝羊肉汤！”

“你们去吧！我不想吃了。”早已饥肠辘辘的他拒绝了邀请。他放下电话，摩挲着那件刚买的羽绒服。

手机震动了一下，是女朋友的短信息：忙完吃点东西再睡，晚安。

他眼里噙着的泪花忍不住滴落下来。

离婚协议书

来吧，只要我们还在，钱总会有的，重要的是要对未来有信心，我们一家不能分开。

离婚协议书摆在了许洋面前。

妻子赵萍扯着孩子的手，一边啜泣一边批判许洋。

哀其不幸怒其不争，是赵萍此时内心的真实写照。

离婚协议书的款项很清楚，房子、孩子、车子都归女方。家里除了每个月的工资，并没有什么结余，所以许洋很干脆地选择了净身出户。

昨天下午她才得知，前些日子丈夫追回来的那批赃款已经返还给受害群众了，而她一直被蒙在鼓里。自己的老婆也是受害人啊！为什么没有拿到一分钱？她把孩子放到沙发上，含着泪，拟定了眼前这份离婚协议书。

看到离婚协议书，许洋明白事情暴露了。

尚赫国际开发的房子，是全城最好的楼盘，100

米超宽楼间距，超大绿地面积。尚赫国际总部设在北京，在全国各省会城市都有分公司，实力雄厚。

许洋不信这套，这么强大的公司会来小县城开发房子？这么强大的公司还要“小范围”募资搞开发？经济案件办得多了，他知道越是包装得华丽的东西，就越不能轻信。但面对蜂拥而至的群众，赵萍信了。

许洋苦口婆心地劝说。赵萍表面上表现出一副不为所动的样子。等许洋上班后她拿出银行定期存折，一股脑全投了进去。

寸土并没有变成金子，尚赫国际人去楼空。赵萍拿着借款合同，和其他群众一起上访，把公安局的门堵了。许洋被派去接待群众，看到人群里的赵萍，他的脸都气绿了。

后来，许洋他们追回来一部分赃款，先紧着一些特别困难的受害群众返还了。

许洋认真看着协议书，郑重签下了名字。

赵萍欲言又止。他们的婚姻就这么结束了，比和尚赫国际签的那份借款合同生效得快多了。

“走吧，去民政局登记离婚。”赵萍无力地说。

“等等，我想起来这协议里少了一个项目。”许洋像是突然又想到了一些细节。

“字都签了，你要反悔？你还想要什么？”赵萍无名火起。

“协议里没有对我的处置啊，房子车子孩子都归你了，我归谁？”

“来吧，只要我们还在，钱总会有的，重要的是要对未来有信心，我们一家人不能分开。”许洋紧紧抱住了赵萍。

赵萍手一垂，离婚协议书翩然落地。

马尾辫

QQ 头像不再闪动，可她的马尾辫，却在他的心里飘啊飘。

这世间千般，不若那一刻的温暖。

一

他弄不明白，他们之间，主动打电话的那个人，总是她。

尽管距离上个电话，已经又过去了两年的时间。

两年的时间，说长不长，说短也不短，足够发生许多事情了。

上一次电话，是在夜里，像是一个口头通知。

她说："明天我结婚。"

他愣了一下，说："我在外地。"

她在那头说："没关系，我就是告你一声。"

他连祝福的话都没有说，只是"哦"了一声。然后，电话就断了。

二

她在医院看到了他的妈妈。那天恰好是她值班。

她不明白，为什么自己能够如此迅速地认出他妈妈。

尽管，他那张面孔在她心里都已经渐渐模糊了。

电话拨通，她的第一句话问："知道我是谁吗？"

他正在讯问一个狡猾的嫌疑人。如果换作是别人，要他做这种猜谜游戏，他都会出离愤怒。

可偏偏是她，通讯录里这个两年未曾联系的人。

他迅速把对嫌疑人的横眉冷对变成一泓似水柔情。

他说，当然知道。

这四个字的背后，有太多太多的话要说了。

三

他认识她，是十几年前的事情了。

那一年他刚学会吹牛，他模仿同学夸海口：2000年如果申奥成功，2008年爬也要爬到北京去看奥运会。

那时满校园的学生，都穿着印有“申奥有我”四个红字的白色T恤，他第一次觉得自己是个热血汉子。

热血的他被同班的一个梳着马尾辫的她深深吸引。

她不仅有好看的马尾辫，还有长长的睫毛。

她爱笑，笑起来的时候浅浅的酒窝特好看。

他无法忍住不去看她，她就坐在自己身后。

他总会趁着借她橡皮的机会偷偷看她，瞟一眼，旋即转头回来。

他不敢怔怔地看她，他胆怯。

四

她收到了他的一封情书。

他搬到教室最后一排之后的第三天，朝她的桌斗里塞了那份情书。

她收到这封情书的心情是很复杂的，那种微妙的感觉过了十几年，她依然记得。

他等待回信的心情也很复杂。他希望收到她的回信，哪怕是拒绝也好。

在周五下午放学以后，她把一封回信塞进了他的桌斗。

这封信意味着一段开始，结尾是一句“I love you”。

晚自习，她收到了他的画——在笔记本上的一副拙劣的简笔画。

她看出来了，那画里是她的背影。

画里，有她的马尾辫，直直垂落在她的背上。

五

每每看到她的马尾辫，听到她的声音，他的内心都会一阵莫名的悸动。

从那封情书开始，他和她说话，两个人都会不自觉地脸红。就像是两个人做了一件见不得光的错事。

这件事当然见不得光，早恋。早到两个人只是初中的学生。

他主要靠书信与她沟通。

仿佛只有这样，他们才能保护好这份感情。

使得它不被老师、家长和打小报告的同学发现。

六

她比他要坦然得多。

她大他两岁，又是狮子座的。女王范儿的她多少有些肆无忌惮。

少年人，总是会有许许多多的想法，甚至是猜忌。好在这些无伤大雅，随便就可以说开去。

他深深地意识到，文字比及语言有很多不足。

他会羡慕她身边的朋友。他们总可以随时地接近她。

七

他读了很多书，写了很多情书。他恨不得把古人描写爱情的句子全部搬进情书里以表达自己的心情。

她送了他生日礼物，是一个木制的笔筒摆件。

这个时候他们已经不在一个班级了，但是感情并没有淡去。传话人说她找他有事，于是他站在她教室门口。她匆匆出来交给他一个黑色的包装袋，匆匆跑回教室。

两个人仿佛说什么都是多余的。

八

她和他读了不同的高中。

命运好像刻意把他们分开了。虽然他对她发誓要相守一辈子，可是似乎上天并不打算这么简单地成全他们。

他第一次送人玫瑰花，那是情人节的早晨，他冒着雪跑到花店买花。

天寒地冻，但他的心是热的。

他没有忘记附一封长长的情书给她，这情书是他花了好几天工夫写成的。

她第一次收到花，心情如沐春风。

在操场边上，她由着他轻轻揽住自己的腰。

那是他第一次和她，如此接近。

九

没有亲吻，没有拥抱，没有牵手。

在情书里，他发誓非她不娶，她也渴望着非他不嫁。

可在现实里，没有人把这些文字转化成语言。

能让他聊以自慰的那句话：身无彩凤双飞翼，心有灵犀一点通。

他觉得，这样就挺好的。相隔两地，用情书把思念传递。

他懂，她也一定懂。

十

从哪一天开始，她的书信开始断了呢？

从哪一天开始，他不再听高胜美的《蝶儿蝶儿满天飞》了呢？

从哪一天开始，她埋进书堆拼命复习备考了呢？

从哪一天开始，他的梦里再也没有她的影子了呢？

一定有那么一天！

曾经，他们面临一场拼尽全力，千军万马过独木桥的战争。

每个人都在向大学的校门冲刺，而这冲刺的过程里，他们的感情像是从未存在过。

怎么就忘得一干二净了？他拍着自己的脑袋拷问自己。

十一

在他把她遗忘到记忆角落的一年之后，他再次见到了她。

他完全没有想到，在距离高考不到两个月的时候，她会出现在他们学校。

那是一个周六的傍晚。二楼，他刚刚走上来就看到了她。

她说，陪朋友来找一个朋友。而后沉默了一下，承认就是来找他的。

他察觉出了异样，一把捉住她藏在背后的手。那是他第一次去牵她的手。

她的手指受了很严重的伤，来源于一场意外的小型交通事故。

他犹如万箭穿心，他多么想就那么一直握着，呵护那双手。

她任由他心疼地看着自己的手，没有躲闪。

她淡淡地讲述那场意外，好像在说别人的事。

他放开了手，他害怕周围的目光。

十二

她很快又见到了他。

那是在高考第一天的中午，在一个饭店里。

从上次遇见，他已经把那些过往全部从记忆里翻出来，他深深自责自己，如果自己常伴她的左右，她如何会受伤！

他要用自己的力量守护她，不让她再受到任何伤害。

但在饭店里，他们没有说话。她有父母陪着，他也一样有父亲和爷爷陪着。

他像一只牵线木偶，无法左右自己。

十三

他接到了她的电话。

她问，知道我是谁吗？他答，当然知道。

他们终于见了面。没有喜形于色。这些年，他从来没有为她喜形于色，无论是哪一场相逢或相聚。

她已经考上了三支一扶的社区医生，而他是一名不配有任何感情的临时工。

他请她吃饭，但没有提起爱情。

十四

她这一年的情绪非常狂躁。内心有一个非常强烈的想法——必须要结婚。

亲戚朋友介绍的对象，她见了很多很多。

她想到他。他们那段许下了一生一世的爱情还在吗？

她没有问，她只是觉得他们已经走在两条路上了。

十五

他终于考上了警察。激动之情难以言表。

他飞速赶到医院，要告诉她这个消息。

他要告诉她，他有了力量守护她。就像当初考大学那拼命的样子一样。

他们围着火炉闲聊，他有意要把话题往过去引。

她提示他，等会儿某某要过来。他并没有在意，还在兴高采烈地讲他的拼搏和奋斗。

当某某提着肯德基出现在他们面前的时候，他突然意识到了什么。

他犹如一只斗败的公鸡，灰溜溜地离开。

十六

见到他和一个女孩在一间快餐店就餐，她没有打扰。

见到她和一个男人在步行街漫步，他没有搭话。

两个人如今的陌路，便如当初在校园走廊上的相遇。

不同的是，彼时心海荡漾，此时心如止水。

那份从来没有用语言表达过的爱情，他以为死了，她以为死了，也许，爱情从来就没有来过。

十七

他没有参加她的婚礼。他的婚礼也没有通知她。

她保留了那些书信，他也保留了那些书信，在这个语言苍白无力的年代，那些书信反倒成了他们爱过的最有力的证明。

十八

在母亲康复以后，他邀请她一起吃饭，表达谢意。

她拒绝了。她无法直视他的目光，更没有勇气和他单独坐在一起。

他再三请求，最终怅然。

他们的感情，原来一直停留在原地。

这份感情里，他始终缺乏勇气。

十九

他的 QQ 闪动，是她主动联系他。

自责之余，谈及往事。

他恨自己当初的懦弱和胆怯，恨自己不敢说、不肯说。

原来爱，必须大声说出来！

二十

于千万人之中遇见你所要遇见的人，于千万年之中，时间的无涯的荒野里，没有早一步，没有晚一步，正巧赶上了。

张爱玲的话他还记着。可他恨自己始终没有遇到一个最美好的时刻。

QQ 头像不再闪动，可她的马尾辫，却在他的心里飘啊飘。

这世间千般，不若那一刻的温暖。

失语症

她曾高度怀疑过他，翻他钱包，在他的衣服上找长头发，闻他衣领上的味道。没有任何结果，要么是

他真的没有其他女人，要么是他有极强的反侦查能力。她倾向后者，因为他是个警察。

不在沉默中爆发，就在沉默中灭亡！

她在酝酿着情绪，她已经决心一战，向自己的丈夫开战，向自己身高马大的警察丈夫开战。

她的情绪很不好，但是她始终找不到爆发点，以致她一直被动地沉默着，她的被动源于丈夫的沉默。丈夫在这个节骨眼上沉默。七年之痒，她想想都不寒而栗。

所以，她必须要找到一个借口，无论这个借口是年幼的孩子，还是年迈的父母。

她无论如何都想不到，他们之间，会走到这么一天。

她一直觉得他非常优秀。在大学里，他是学生会主席。她喜欢听他说话，无论是慷慨激昂的演讲，还是插科打诨的笑话。他很会说话，针砭时弊的见解，或是甜言蜜语的情话，都令她钦佩折服。

关于爱情，她其实想得不多，一个人倾诉，一个人倾听，就像咖啡杯和杯垫的关系，互相依存，这样的爱情不至于轰轰烈烈，但也能守一个天荒地老。

于是，虽然他没有去做一个外交官或是新闻发言人，她还是嫁给了他。

她觉得做什么都好，生活是第一位的，而工作，不过是为了更好的生活。

如今，她感觉到她的爱情是不可能走到地老天荒的地步了。丈夫还会回家，还会和她睡在一张床上，但是在她看来不过是同床异梦，他们的婚姻已经名存实亡了。

她不甘心，于是在无数个夜里，或是背对着丈夫默默流泪，或是辗转反侧难以入眠。她的身边是早已沉沉入睡的丈夫，是回到家一言不发倒头就睡的丈夫。回家，睡觉，就像是丈夫的工作一般。

她曾高度怀疑过他，翻他钱包，在他的衣服上找长头发，闻他衣领上的味道。没有任何结果，要么是他真的没有其他女人，要么是他有极强的反侦查能力。她倾向后者，因为他是个警察。她想不明白，是什么样的女人使丈夫对自己完全失去兴趣，竟然会在家里的时候不愿说话。

丈夫的性格她是了解的，是那种不说话就会憋死的人。遇到什么事、想到什么事都藏不住，一秒钟都忍不了，如鲠在喉，不吐不快。她怎么也想不到，七年之后，这个一开口就止不住的丈夫，居然那么“老成沉稳”，成了一个沉默寡言的人。

她试图和丈夫沟通，给他找话题，要他谈谈工作里遇到的趣事，他总是笑而不语。她尝试过以撒娇的方式央求他讲，他则是叹口气：都是些糟心的事儿，没什么好讲的。说完就避开来，留下失落的她。

爆发！但他从来不曾给她机会。她手中没有任何把柄，也找不到任何借口。可是她的内心在呐喊，她必须要让这一潭死水惊起阵阵涟漪来！

当初她劝他少说点话，太聒噪。她说看书上说一个人一生说话的数量是基本持平的，年轻的时候说多了，到老了就会成老年痴呆，什么话也说不了了。那时候还他振振有词地说尽信书不如无书。难道这么快就应验了——他得了失语症？

在爱情面前，女人是敏感的。她决心找出一个答案出来，哪怕是最糟糕的答案，她都决心勇敢面对。她预感到，这个答案将成为她爆发的最有力的借口。

她请了假，偷偷出现在他的办公室外面观察他。他是一名户籍民警，他工作的地方就是户籍室，中间一长排柜台，柜台这头是他，不停地询问、解释，不停地在电脑上打字，不停地查看办事群众递过来的手续。办事群众扎堆围着柜台寻找着和他的最短距离，七嘴八舌地说着各种问题。他反复向办事群众解释各种问题，提醒要准备的手续材料。他说话声音很大，但很耐心，一点也不像在家中的那个他。

果然不是失语症！就算是手中在办理户口，他的嘴巴也没有停过！她的心头发凉。但她又很心疼他，当初他在三千人的大礼堂里演讲，现场除了掌声，再也听不到任何杂音。可这么一间小小的户籍室，十几名群众就乱成了一锅粥。他拼命解释，反复说明，可是有些人完全听不进去他的话。

一天下来，她目睹了许多意想不到的场景。有的群众骂他，甚至要隔着桌子打他；有的拿手机摄录，说他刁难人，要到纪委投诉他；有一名群众甚至将满意度评价器砸在他的面前。他都笑脸应对，一直很努力地笑着。她不明白，为什么那些手续不全的或不合规定的人那么不讲道理？或许那名砸评价器的群众已经说出了答案：你干的就是这活儿……

她看着脸上依旧挂着笑容的他，眼泪扑簌簌地落了下来。她明白了，所谓七年之痒，所谓失语症，只是因为他需要静静。

小刘的恋爱故事

所长白我一眼说："我知道，所以你操点心，在乡里头给他物色个女朋友。想留住人，得拴住心啊！"

如今想来，一年前的那个早班会，所长是有深意的。散会后，所长留住了我。

"小刘谈朋友了没有？"所长掏出烟，递给我一颗。

小刘是新警，分到我们单位半年时间，和我搭班工作，我是他的带班警长。

"你有合适的给他介绍？"我来了兴趣。

"咱所里头情况你清楚，兜兜转转就这几个人，别管你值班不值班，没事都得待在所里头。如果三天两头老往城里头跑，所里一旦有个啥事儿连个人都找不着。"所长抽了口烟，没有直接回答我的问题。

"年轻人，基层工作他还不习惯。休班的时候不能休息，人家又不是卖身给所里头了。"我解释。

所长白我一眼说："我知道，所以你操点心，在乡里头给他物色个女朋友。想留住人，得拴住心啊！最近我跟王师傅都交代了，每个月的伙食费增加三百块钱，把饭菜质量提高点，起码得从生活上对小刘多点关怀。你是带班领导，也得操点心，多培养培养他。”

我明白所长的意思。从我手里头已经调走了两个人才，都是在所里待一两年，混个基层经验就走了。这次无论如何得想办法留住人。

基层警察找对象是非常麻烦的一件事情，高不成低不就。乡里头资源少，与适龄青年的接触面也窄。大多数人都到外地打工了，不出去的，多数是在乡里头有固定工作的，或是不需要出去打工挣钱的。那么和小刘匹配的，大致有三种人，第一类是乡政府工作人员，司法、财税、土地、林业等一些小的业务部门，这些部门通常只有一两个工作人员，几年不吸收一次新鲜血液的，而女孩子则更是少之又少。女孩子在乡里头值班不便，尽可能不安排在乡里工作；第二类是学校、卫生院、农村信用社、电信部门的工作人员，这个群体数量比较多，找到合适的可能性较大；第三类则是村干部家的千金。村里头的干部，往往属于先富起来的一拨人，娶他们的千金，一方面自己可以少奋斗十年，另一方面也有助于自己基层工作的开展。

单位几个同志悉心向小刘言传身教：首先要不放过任何一个适龄的女受害人，谁家丢东西了，要反复去勘查现场，多向家属搜集线索，从物质和精神两方面慰藉受害人，与受害人打成一片。然后要和相关单位多接触，多去卫生院给躺在病床上的受害人做笔录，不厌其烦地向医生、护士询问受害人的伤情；多到学校参加护校工作，照看小学生过马路，到学校宣传安全防范知识。再然后要多下乡巡逻，和村干部多碰头，结合防火防盗、农村技防工程、网格化管理、群众纠纷调解在一起研讨，重点是碰完头，一定要留在村干部家里吃顿便饭。

半年之后，小刘依然没有谈到女朋友，却在寻觅女朋友的过程中提高了工作能力。做群众工作变得游刃有余，许多问题能够消化在萌芽状态，真正成了单位的大拿。他哭丧着脸埋怨：“都知道警察工作是咋回事儿，待遇有多少，没人愿意和我谈朋友。”

怎么留住这样的人才，让所长头疼不已。

如今，小刘结婚了，新娘不是别人，竟是所长的女儿。

愿命运之神眷顾你

正气？！我一直相信你有着正常人的智商，如今，我怀疑了。亲爱的，这些年你游走在刀刃上，几次和死神擦肩而过，你靠的不是正气，是运气！

“今晚你不用回来了。”我把短信发了出去。

“为什么？！”你的短信过了十多分钟才回过来。

“错过了班车，半夜去阜阳换乘火车太辛苦。”可当我编完这句话，却下意识地删掉了，鬼使神差地编了另一条短信发给你——“我们离婚吧！”

我可以想象你收到这样的短消息时会是如何的抓狂，你会问我为什么，会向我道歉，会让我支持你的工作。可你的语无伦次有什么用？我不想再要这样的生活，不想要了，我是认真的。其实之前的每一次都是认真的，只是这一次，我想应该是最后一次了。

上次跟你说离婚是两个月前。那天你晚上下班，正赶上学生晚自习放学。你正在跟我通电话，突然在电话里大吼一声后就没了回应。原来是几个高中生在校门口打架，你跑去制止。

我问你，难道不怕被一群人打了？你说，怕。

我在电话这头冷笑。怕？！你还要去！你逞你的能！却要我在电话这边担心。

你要我尊重你的职业，说你就是干这个的，必须去制止。

你不就是个警察吗？你当自己是救世主？你和别人一样，也只有两条胳膊两条腿。你连我都照顾不了，你凭什么就能照顾得了别人？

前几日，湖北监利县一个叫刘勇的警察，下班路上遇到斗殴，上前制止时被捅16刀，不幸殉职。我专门把这条新闻转发给你，你发在朋友圈里，标注了“默哀”两个字。

我想借此机会提醒你：如果刘勇能冷静一下，先报警请求增援，用压倒性优势的警力再去制止，就不会有悲剧发生了。你却说，如果等增援警察来了，一切就来不及了。如果及时上前制止，还有可能成功化解。

我问你，如果哪一天你和刘勇一样了呢？

你说，刘勇之前，就有和刘勇一样的警察，刘勇之后，还会有。

听了你的话，我的心里涌起一股寒意。你如此平静地发表你的“高见”的时候，你可曾想到过我？想到过你的家人？

今天，终于盼到你休息回家，你却将晚上仅有的一班返家的班车误了。你在车站又当了一次英雄：一群人在打群架，你又冲了上去。你为了保护一个1米8的彪形大汉，隔着水果摊和对面的一群人卯上了。

我问你害怕吗？你说脑子一热就上去了，当时来不及考虑来不及犹豫。迟则生变，必须把生死置之度外。

好一个把生死置之度外！你分明就是把你老婆置之度外！

既然如此，你无须再回来。去完成你神圣的使命吧，我将不再用家庭来羁绊你，用爱情来束缚你。一个穿制服的警察，偏偏生了蝙蝠侠、蜘蛛侠、钢铁侠的心，这样的心，我又怎么留得住。

我问你，你又没有蝙蝠侠、蜘蛛侠、钢铁侠的本事，你连手枪都没有，连警械都不敢使用，你拿什么和别人对抗？你说邪不胜正，你靠的是一身浩然正气。

正气？！我一直相信你有着正常人的智商，如今，我怀疑了。亲爱的，这些年你游走在刀刃上，几次和死神擦肩而过，你靠的不是正气，是运气！

就这样再见吧！你的正气庇护不了我和我们的孩子。

我只能祝福你，愿命运之神一直眷顾你，赐你好运气。

凌晨三点，转了三趟车赶回家的你悄悄躺在我身边，我的心又一次柔软下来。在这静谧的夜里，你粗重的呼吸里带着无尽的疲惫，而孩子的梦呓里还叫着爸爸。我揽你在怀里，轻抚你的头发，离婚的念头早消散得无影无踪。

算了吧！就这样吧！只要还记得回家，那就继续去做你想做的警察吧！

总有这样一种人

总有这样一种人，会通过不劳而获的优越感试图刺痛别人，带给自己莫名其妙的满足。

做护士的妻子上了车，一语不发。

做警察的丈夫敏感地意识到了妻子情绪里的不对，

知趣地沉默着。

妻子进电梯，直接按了关门的按钮。丈夫在电梯门要关上的那一刻闪身进来。

丈夫看着妻子如罩寒霜的脸，没说话。

回到家里，丈夫炒了几个拿手的菜，想哄妻子开心。不给她吃好，孩子怎么有奶吃？孩子三天就得报销一罐进口奶粉。

“吃点吧，好歹是一顿饭。”丈夫劝说。

“你自己吃吧！”

饭菜凉透了，丈夫扯了保鲜膜裹住，放进了冰箱。冰箱门关上的那一刻，妻子也掩上了卧室的门。

第二天早上，妻子上车后并没有一如既往地翻看她的主管护士考试教材。

丈夫明白妻子要摊牌了，主动问：“说说吧，昨天遇到了什么情况？”

“孙晓东的岳母来我们科室住院了。”

“什么病？严重吗？你先代我探望探望。”孙晓东是丈夫警校的同学，感情笃深。丈夫似乎明白妻子不开心的原因了。

“没啥事，说是住院，其实就是体检。”妻子解释，“她在我们医院的所有医疗费全能报销。”

"她是离休干部？"丈夫问，他知道离休干部的待遇。孙晓东找上这样的家庭，起码可以少奋斗十年。

"不是，她买了一种保险，那种保险是全赔付的。"

妻子接着解释："她来住院，就像是汽车到了3000公里就得保养一次一样，没灾没病也会来，如果不来，保险费就成了给保险公司的捐款。"

丈夫点点头，却没有接收到妻子语气里的冷漠。

妻子犹豫了一下说："她跟我说她们家玲玲找了孙晓东，算是亏大了。"

妻子在医院遇到了孙晓东的妻子杨玲，由此才认识了杨玲的妈妈。在孙晓东结婚这一年里，孙晓东不再和丈夫一起吃地摊喝啤酒了。

丈夫的脸色有点难看，他也是警察。

"那她是干啥的？"丈夫忍不住问。

"她家好像是城中村的拆迁户吧，赔了好几套房，现在做生意。"

"她还说我，你老公也是公务员，你都该在家里歇着了，咋还干这？"妻子这话更像是问丈夫。妻子复述出来的每一句话，都刺痛着丈夫的神经。

"我临下班时，她还跟说，她背着孙晓东偷偷给玲玲买了个公寓，让女儿租出去收点零花钱。你说她跟我说这个干嘛？她不知道我会说给你听？不担心你再告诉孙晓东？”

丈夫魔怔了一样，绿灯了也不知道走，后面的车拼命地摁喇叭。

“这种人，头一回遇见。孙晓东摊上个这样的丈母娘，哼哼……”妻子还在自说自话。

直到妻子下车进了单位大门，丈夫都没敢抬头。他那张脸，像被人用鞋底子悠了几下似的，红得发紫。

他拿起手机，在通讯录里找到孙晓东的号码，拨了出去，响了两声，他又给挂掉了。

过了几秒钟，孙晓东的电话回了过来。

“没事，不小心拨错号了。”

“没事就好，有时间咱们去吃地摊啊！”

丈夫支支吾吾地答应着，对方挂了电话。

点火，打了左转向灯，起步，车子呜咽了一下，熄火，定在原地，却怎么也打不着了……

总有这样一种人，通过不劳而获的优越感试图刺痛别人，带给自己莫名其妙的满足。

最好的礼物

明天，明天是哪一天？过了零点，岂非就已经是明天了？十年里，许下过多少明天？又许下过多少“有时间”“有机会”“有空”？

这个周末，妻子起床特别早，好一番梳洗打扮。

这是一个不同以往的周末。手机闹铃一响，丈夫立刻从床上弹起，冲进卫生间匆匆抹了一把脸。

“从来没见你这么积极过，不着急，还有一个小时呢。”妻子说着给他递上毛巾。

“干吗？”丈夫一愣，从镜子里看到精心打扮的妻子，随即记起来今天是他们的结婚纪念日。结婚十年，妻子已经从当初的青春美少女逐渐变成了如今的样子，脸上有了暗斑，眼角有了鱼尾纹，脸蛋也不再是当初的粉嫩水润光洁。

“孩子呢？”丈夫找着不易察觉的借口。

“送他姥姥那里了。”妻子用少女时代调皮的口吻说。

丈夫挠挠头说：“这样，今天单位加班，我们改天出去行不？”

妻子本来兴奋的脸，立刻沉了下来。当初她待在闺房里不出来，他拿着花能在楼下站两个小时；她要吃兴德斋的烤全兔，他跑到南城排队能等上几个小时；她心情不好时，他会想尽一切办法讨好。她心里默默流泪，到底是时间改变了他们，还是时间冲淡了这份爱情？

“不行。”妻子噘起嘴，“今天是纪念日啊，改天就不是啦。结婚十年的纪念日啊，不重要吗？而且恰好是周末。”

“辖区里最近连续丢了几辆电动车，我得和同事一起蹲点守候啊。”丈夫扶着妻子的双肩。他明白妻子在尽量克制自己的情绪。

“今天日子比较特殊，你就不能请个假？”妻子摇着他的胳膊。十几年前，她的撒娇是百试百灵的。

“可是同事们都在蹲守，我一个人不去，这是不是有点自私？”

“谁自私？”妻子被戳到了痛处，甩开他的胳膊，“小孩是我接送上学照顾起居的，你父母是我端茶倒水问暖问寒的，你的衣服你洗过一件吗？谁自私？”

“我自私，可这是我的工作啊。”

妻子恼火了：“别跟我说你的大道理。”

丈夫看看表，他必须要离开了。

她咬咬牙：“明天我们去办离婚吧。”

“别赌气啦，晚上回来我给你带礼物。结婚十年的礼物，一定让你满意。”丈夫说着推开门，消失在妻子的泪光里。

晚上七点多，偷车贼再次出现，丈夫一马当先将其擒获。

突击审讯，报批材料，体检检查，将嫌疑人送进看守所的时候，已经是晚上十一点半。对于送妻子什么礼物，丈夫一点头绪都没有。他决定先不回家，等妻子消了气再说。

当他请同事们在路边吃宵夜的时候，妻子发来短消息：孩子我已经接回，你还在忙？

他反复看着这条短消息，心里百味杂陈。妻子从来不在他工作期间打电话，以免影响自己。他诚实地跟妻子发短消息：马上就忙完，礼物还没有准备，明天可以吗？

他抬头看看夜空，星光在闪烁。明天，明天是哪一天？过了零点，岂非就已经是明天了？十年里，许下过多少明天？又许下过多少“有时间”“有机会”“有空”？曾经对国旗对警徽许下的那些庄严的承诺，可以十年如一日地践行，可对自己的妻子、父母、孩子呢？

妻子回了短消息：不用了，平安回来，就是给我最好的礼物。

他放下手机，扭转头，擦去脸上热热的泪……

擦肩而过

他笔挺地站着，缓缓举起右手回应，回应着擦肩而过的彼此的思念和敬重。

出了嘉峪关,便是一路茫茫的大戈壁,既看不到树，也看不到草，荒无人烟的世界里，远处是黑黢黢的山包包，眼下则是一条绵延进黄沙里的铁道。

这是归程。过了柳园站，火车便会开进新疆的广衮天地里。经过哈密、鄯善、吐鲁番，直抵乌鲁木齐，便回到了她的家里。在这举国欢庆的新春佳节里，每一个归途上的人都盼望着回到家中和亲人团聚，一起庆祝新年的到来。

她是一名铁路警察，平时在车站的办公室工作。春运期间每列车的乘警由一名增加到两名，她主动报名增援。她所增援的这趟车要走过我国最长的一条铁路横贯线：陇海—兰新线，全长4000多公里，火车要开40多个小时。春运期间，车厢里到处都是人——边听音乐边打牌的年轻人，昏昏欲睡的老人，哭闹的孩子。他们好多没有座位，有坐在过道地上的，有依在车厢连接处。人员密集复杂，安全隐患众多，她一路挤着从车头走向车尾，一个个查验身份证。巡视一趟下来就得两个小时，她累得满头大汗。

车窗外冲天而起的烟花，噼里啪啦的鞭炮声，让除夕夜的味道变得更加浓厚。她痴痴盼望着，盼望着团聚，盼望和他紧紧依偎在一起。那是他们的约定，他们的秘密。踩过12点的钟声，她便从餐车走出去，等待着隆隆的车轮声和无边的朔风挟裹着她奔向柳园站。

和妻子一样，他也是一名乘警。妻子是归程，而